„*Handkerchief*"

[ˈhæŋkətʃɪf]

Peter Siefermann

Hank Schiefer, Spitzname „*Handkerchief*", geschasster Risiko-Banker, sucht eine neue Herausforderung. Er findet sie in *Durlangens* stillgelegter Ziegelei, einer Industriebrache. Gemeinsam mit seiner Bekannten Doro eröffnet er in den alten Gemäuern einen Dauer-Flohmarkt. Die Sache läuft gut an, doch nicht jedem gefallen die Menschen, die Doro und Hank unter ihrem Dach beschäftigen.

Die im Buch genannte Ortschaft *Durlangen* ist mit dem württembergischen Durlangen nicht identisch. Die Handlung des Buches sowie die darin vorkommenden Personen sind frei erfunden.

Für alle Heimatlosen

Impressum
Twentysix – der Selfpublishing-Verlag
Eine Kooperation zwischen der Verlagsgruppe **Random House** und
BoD – Books on Demand

© 2019 Peter Siefermann

Herausgeber und Verlag
Bod – Books on Demand, Norderstedt

ISBN: 9783740753580

Handkerchief
['hæŋkətʃɪf]

Oktober 2015

Durch das kleine Fenster fiel trübes Herbstlicht. Es erweckte den Eindruck, als würde es nur ungern in das Haus mit den niedrigen Decken eindringen, weshalb es den Raum nur spärlich erleuchtete. Unter der grauen Zimmerdecke schien es sich wegzuducken, als wäre es in Überkopfhöhe unerwünscht, wie auch der Bewohner des Hauses den Kopf einziehen musste, um nicht an die Decke zu stoßen. Vielleicht lag es daran, dass es im engeren Sinne eigentlich gar kein Haus war, sondern eher ein Häuschen. Ein Häuschen mit kleinen Fenstern.

Es hatte nur vier Zimmer anzubieten. Kleine Zimmer, wohlgemerkt, von denen aber nur zwei wirklich genutzt wurden: Die Küche und ein kombiniertes Wohn/Schlafzimmer. Die anderen beiden Räume standen mehr oder weniger leer. Aber es verfügte über ein Bad. Wie nicht anders zu erwarten, war es relativ eng.

Der Mann im Badezimmer schaute in den Spiegel und überlegte, ob er die Haare schneiden sollte, die ihm bis auf die Schultern fielen. *Du wirst alt*, sagte er zu seinem Spiegelbild. *Die silbernen Strähnen werden immer dicker. Du gleichst immer mehr einem Dachs.*

Er fletschte die Zähne und war dankbar, dass er damit so gut wie nie Probleme gehabt hatte, wie so viele seiner ehemaligen Bekannten. Nur kurz schweiften seine Gedanken zurück in jene schwierige Zeit, als er ein Leben am Rande geführt hatte. Als er aber die Schere zur Hand nahm und an seinem grau melierten Vollbart herumschnippelte, verdrängte er die Erinnerung erfolgreich. *Es wird nicht schaden, wenn ich heute etwas manierlicher aussehe als sonst,* dachte er.

Er setzte sich an den Küchentisch, um zu frühstücken. Als einzigen Luxus gönnte er sich Kaffee einer etwas teureren Marke, wogegen er an anderer Stelle wieder sparte. *Spartanisch kommt von Sparen,* lautete sein Motto, und dementsprechend gab es Brot, Margarine und Marmelade nur vom Discounter. Dass er würde sparen müssen, war ihm bewusst, seit er die letzte Arbeitsstelle verloren hatte. Nicht aus eigener Schuld, aber er musste sich trotzdem danach richten.

Vielleicht habe ich heute etwas Glück, dachte er und räumte den Tisch ab, den er selber gezimmert hatte, wie im Übrigen alle Möbel in den zwei Zimmern in Eigenarbeit entstanden waren. Helle Hölzer, um den kleinen Fenstern etwas entgegenzusetzen. Er dachte bezüglich des Glücks an die Anzeige in der Zeitung.

Im grauen Anzug und mit Hut auf dem Kopf verließ er das Häuschen, ging an dem flachen Holzschuppen vorbei, in dem er all seine Maschinen aufbewahrte, den Schotterweg hinunter zur Samariterstraße, wo er nach rechts abbog. *Vielleicht habe ich heute etwas Glück.*

Heute * **Erinnerungen**

Wenn es noch eine Welt gibt, dann steht sie Kopf. Was unten war, ist oben, und was oben war, ist unten. Links ist rechts, und rechts ist links. Kalt und heiß, leicht und schwer – alles umgekehrt. Verschoben. Keine bekannten Größen mehr. Was dunkel war, ist ...Nein. Stopp. Was dunkel war, ist dunkel, was hell war, ist ... dunkel.

Ich weiß nicht, wo ich bin. Nichts ist mehr so, wie es einmal war. Ich weiß nicht, wo ich bin.

Durch meinen Kopf treibt schwarzer Schnee. Oder ist es Asche? Verwehungen überall. Die vertrauten Wege sind verschüttet.

Ich bin allein.

*

Ich will gar nicht lange drum herumreden, denn bei so viel Ähnlichkeit macht es auch überhaupt keinen Sinn. Man muss kein Sprachkünstler sein, um von meinem Namen zu *Handkerchief* eine Brücke bauen zu können. Es ist ja nicht mal ein Zungenbrecher.

Mein Name ist Hank Schiefer. Vor- und Zuname habe ich meinem Erzeuger zu verdanken. Meine Mutter wäre nie auf die Idee gekommen, mich *Hank* zu nennen. Wenn es nach ihr gegangen wäre, würde ich heute vielleicht Lukas heißen oder Kevin. Aber es war nicht nach ihr gegangen, sondern nach ihrem damaligen Mann, und nur weil er den amerikanischen Country-sänger *Hank Williams* verehrte, musste ich so heißen wie der. Nämlich *Hank*.

Dem näselnden Gesang *Hank Williams'* hatte ich nie viel abgewinnen können, von daher fühlte ich mich ihm nicht verbunden, doch mein Vater musste einen Narren an ihm gefressen haben. Er war, bevor er meine Mutter kennengelernt und geschwängert hatte, einige Zeit in den USA gewesen und dort mit seinem Faible für Country-Musik infiziert worden. Meine persönliche Geschmacksrichtung in puncto Musik tendiert eher zu *Neil Young, Led Zeppelin, Deep Purple, Chris Rea* und *Genesis.*

Hank Schiefer also, von den Mitschülern in meiner Klasse dankbar aufgegriffen und nach einigen Stunden Englischunterricht zu *Handkerchief* verballhornt. Auf Deutsch: *Taschentuch.*

Über all die Jahre war er an mir hängengeblieben, der Spitzname, *Handkerchief,* und weil ich ihn partout nicht wieder loswerden konnte, hatte ich daraus schließlich eine Marke gemacht.

Wer heutzutage in *Durlangen* „*Handkerchief*" sagt oder darüber spricht oder sich danach erkundigt, meint entweder mich oder mein Geschäft. Es steht in großen Lettern, sowohl in Druck- als auch in Lautschrift, über dem Eingang und dem Schaufenster zu meinem Laden. *Handkerchief.* ['hæŋkətʃɪf]

Ich bin Inhaber und Betreiber einer sogenannten Brockenstube, was mehr oder weniger ein Dauer-Flohmarkt und Secondhandshop ist, mit angegliederten Serviceangeboten wie An- und Verkauf von Waren (Möbel, Geschirre, Bestecke, Kleider, Teppiche, Bilder, Musikinstrumente, LP's und CD's, Kunstgegenstände, Elektrogeräte, Spielzeug, Bücher), sowie Entrümpelun-

gen von Wohnungen und Häusern, und Umzüge innerhalb der Stadt bis maximal fünfundzwanzig Kilometer
im Umkreis.

Ich hatte die ehemalige Ziegelei am Stadtrand *Durlangens* schon immer als erhaltenswerte Architektur emp-
funden. Sie liegt zwischen der ehemaligen französischen Militärkaserne und der Großgärtnerei *Schmauch,*
ganz in der Nähe des Bahnhofs und des Freibads. Ein
herrliches Gebäude, ganz aus Ziegelsteinen errichtet,
mit hohen schmalen Rundbogenfenstern auf beiden
Seiten, die ihm, von außen betrachtet, fast einen
sakralen Charakter verleihen. Der gemauerte Industrie-
schornstein fügt der Illusion, es mit einer Kirche oder
einer Moschee zu tun zu haben, ein Übriges dazu.
Tatsächlich ist das *Handkerchief* aber weit von einem
Sakralbau entfernt, und ich bin weder Imam noch
Pfaffe.
  Neben der eigentlichen Produktionshalle der Ziegelei,
dem Herzstück der Anlage, steht, parallel dazu, ein
zweites Gebäude mit gleicher Grundfläche, doch weniger hoch und nur mit kleinen Fenstern, dafür mit einem
breiten Rolltor versehen, durch das früher ganze Güter-
wagen der Eisenbahn passten. Es handelt sich um die
ehemalige Lagerhalle für verkaufsfertige Ziegel, und
die Schienen für die Eisenbahnwagen liegen immer
noch unter deren Dach. Auf dem freien Gelände der
Zufahrt davor hat man sie allerdings herausgerissen.
Auch ich nutze die Halle und nenne sie Werkshalle.
Alle frisch ankommenden Waren landen zuerst dort,
denn bevor sie zum Verkauf ausgestellt werden können,

sind etliche Arbeiten zu erledigen: Textilien müssen gewaschen, getrocknet und gebügelt, Geschirre gespült, Möbel zusammengebaut und gereinigt, von –zig Jahre alter Patina befreit werden, und so weiter. Das dauert alles eine gewisse Zeit, aber so ist es nun mal.

Als ich die Ziegelei übernahm, befanden sich noch sämtliche Produktionsmaschinen und Brennöfen in der Halle. Industrieschrott, sozusagen. Die brauchbarsten Großgeräte konnte ich für einen Spottpreis an eine andere, noch aktive Ziegelei verscherbeln. Der Rest brachte immerhin einige Euro beim Altmetallhändler ein.

Von Seiten der Stadt *Durlangen* war man meinem Antrag zur Nutzung der Ziegelei zunächst sehr skeptisch gegenübergestanden. Schließlich handelte es sich um Gemeindebesitz, und als solcher war er Teil der potenziellen Gelddruckmaschine, wenn man Industriebrachen so bezeichnen wollte. Flächen für Spekulanten, für zukünftige Investoren. Abgesteckte Claims für zu erwartende Goldgräber. Was mir wahrscheinlich zugutkam, war, dass die Stadt in jüngerer Zeit bereits mehrere großflächige Areale ehemaliger Industrieanlagen hatte veräußern können, und der Geldbeutel des Kämmerers somit prall gefüllt war. Man bot mir zunächst einen siebenjährigen Nutzungsvertrag an, mit einer Option zum eventuellen späteren Kauf.

Das Dach musste repariert, einige Fenster verglast, und die Fassade gegen weiteren Zerfall gesichert werden, zum Schutz allfälliger Besucher einerseits, und zum Werterhalt andererseits, womit der von der Stadt zu erbringende Aufwand beschrieben war. Selbst baute ich in den hinteren Teil der Halle zwei nebeneinander-liegende kleine Wohnungen ein – fertig war das *Handkerchief.*

Beinahe fertig, um bei der Wahrheit zu bleiben, und so einfach wie gesagt war es dann doch nicht, denn der Anfang war hartes Brot für einen *Bleistiftspitzer*, wie ich einer gewesen war. Ständig fielen Arbeiten an, wie Erweiterungen oder Verbesserungen, aber die geschahen und geschehen, auch heute noch, praktisch bei laufendem Betrieb. So baute ich zum Beispiel eine erhöhte umlaufende Galerie mit Zugangstreppen ein, um mehr Platz zu gewinnen; eine ausziehbare Bühne für Konzerte, Theater- und Kabarettaufführungen, und die dafür erforderliche Elektrik. Dazu jedoch später mehr.

Oktober 2015

Doro beobachtete den Mann schon seit einigen Minuten. Seinem sonderbaren Tun nach schien er nicht die Absicht zu hegen, etwas aus der Ausstellungshalle kaufen zu wollen. Falls er überhaupt ein Interesse für eine Ware zeigte, dann waren es die Möbel. An allem anderen ging er, ohne auch nur hinzusehen, achtlos vorbei.

Die Möbel waren es, mit denen er sich intensiv beschäftigte. Er schien sie einer Art Kontrolle zu unterziehen. Er öffnete Schranktüren, prüfte sie auf Passgenauigkeit und ob die Schlösser funktionierten, betrachtete die Innenregale; strich über schadhafte Furniere; zog und schob Schubladen auf und zu, testete deren Leichtgängigkeit; drückte an Stühlen und Tischen herum, setzte sich auch probeweise; rüttelte an verkanteten Regalen wegen der Stabilität.

Sein dunkelgrauer Anzug war ziemlich abgetragen, wie Doro feststellte, aber sauber. Er trug schwere Arbeitsschuhe und einen grauen Hut, unter dem schwarzes Haar mit weißen Strähnen bis auf die Schultern fiel. Die untere Hälfte des Gesichts verschwand hinter einem graumelierten Bart. Doro schätzte ihn aus der Ferne ihres Büros heraus auf ungefähr fünfzig Jahre.

Vielleicht habe ich mich getäuscht, und er will doch etwas kaufen, dachte sie, als der Mann sich anschickte, die eiserne Treppe zu ihrem Büro hinaufzusteigen, das in etwa drei Meter Höhe über dem Niveau des Hallenbodens lag. *Affenkasten*, wie sie es nannte. Zwei Fenster, eine Tür, zwei Schreibtische, einige Regale mit Ordnern, zwei Computer, zwei Drucker, ein Festnetztelefon an einer schwenkbaren Scherengitterhalterung.

Die eiserne Treppe dröhnte unter seinen schweren Schritten, wogegen sein Klopfen zaghaft wirkte, bevor er das Büro betrat.

„Guten Morgen", begrüßte Doro ihn freundlich, „sind Sie fündig geworden?" Sie betrachtete sein Gesicht. Die Augen lagen in tiefen Höhlen, die zudem noch im Schatten der Hutkrempe lagen. Der Schnitt der Gesichtszüge wirkte irgendwie kühn, wenn auch hager. Oder verwechselte sie das mit ausgezehrt?

„Guten Morgen, ja, allerdings", antwortete er mit einer Baritonstimme, mit der er problemlos Zigarettenwerbung sprechen könnte. Er nahm den Hut vom Kopf. Volles Haar kam zum Vorschein, das er mit einer Hand aus der Stirn nach hinten strich.

„Und? Was darf's denn sein?"

„So ist es nicht", lächelte er scheu. „Verkaufen Sie viele von den Möbeln?"

Doro guckte verdutzt. Welch eine Frage. „Warum wollen Sie das wissen?" Sie lehnte sich auf ihrem Stuhl zurück und verschränkte die Arme vor der Brust.

„Nun", sagte er, „ich will ja nicht unverschämt sein, aber in der Qualität, wie sie dort unten stehen, würde ich sie keinem Kunden anbieten." Er zeigte mit dem Daumen über die Schulter.

Ha, das wird ja immer besser. Kommt in unsere Halle, rüttelt an den Möbeln herum und macht sie dann noch madig. „Die Möbel sind einwandfrei. Zwar nicht neu, aber diesen Anspruch erheben wir und unsere Kunden auch nicht. Bei Gebrauchtware muss man halt ein paar Abstriche machen. Dafür sind sie schließlich sehr preiswert."

Der Mann zog ein Papiertaschentuch aus der Hosentasche und schnäuzte sich umständlich. „Preiswert und gut wäre besser", antwortete er dann. „Sind Sie die Chefin hier?"

„Nein", sagte Doro spitz, „der Chef ist unterwegs und kommt wahrscheinlich mit einer Fuhre Gebrauchtmöbel wieder zurück. In ein bis zwei Stunden."

„Okay, dann komm' ich später wieder", sagte er und schob den Hut auf den Kopf.

„Entschuldigen Sie, bitte. Nur um den Chef vorzuwarnen: Wie heißen Sie überhaupt?"

„Ach so, ja. Mein Name ist Christian Gutmund. Also dann, bis später", sagte er und schloss die Bürotür von außen.

Ich bin zwar nicht die Chefin, aber ich habe Mitbestimmungsrecht, dachte Doro, während sie ihm hinterherschaute, bis er die Halle durchquert und sie durch die Eisentür nach draußen verlassen hatte. *Komischer Vogel.*

Auch nach einer Viertelstunde spukte ihr der Mann noch im Kopf herum. *Verkaufen Sie viele von den Möbeln? Preiswert und gut wäre besser.* Herrschaftszeiten, sie waren doch kein Möbelhaus, sondern eine Brockenstube. Jeder, der die Halle besuchte, war sich im Klaren darüber, dass er hier nur Ware aus zweiter, manchmal aus dritter oder vierter Hand finden würde, die Möbel eingeschlossen. Dabei, und darauf wurde Wert gelegt, führten sie ausschließlich Möbel aus Massivholz. Also keinen Spanplattenmist.

Aus reiner Neugier stieg Doro aus dem *Affenkasten* hinunter in die Halle, um ihrerseits die Möbel anzusehen. Auch sie öffnete und schloss Schranktüren und Schubladen, saß auf Stühle, rüttelte an Regalen. Klar, da klemmte schon mal eine Schublade. Musste man halt ein wenig Druck ausüben, dann klappte das schon. Mit einem Tropfen Geschirrspülmittel rutschte noch jede Schublade, oder etwa nicht? Sicher, an manchen Schranktüren musste man ein bisschen nachhelfen, die Tür geringfügig anheben, mit dem Schlüssel spielen, dann funktionierte es. Man hatte da so seine Kniffe, und zudem wuchsen einem die Stücke mit ihren Marotten ans Herz, wurden Unikate, quasi unersetzlich. Dass der eine oder andere Stuhl auf wackligen Beinen stand – mein Gott, unterlegte man eben einen Bierdeckel. Ihrer Meinung nach gab es an den Möbeln nichts auszusetzen. Für das Geld, was sie dafür verlangten?

Zugegeben, der Verkauf könnte in der Tat besser laufen. Sie hatten etliche Ladenhüter in der Halle stehen, seit Jahren schon, für die sich keine Käufer finden wollten. Und heute brächte der Chef garantiert frische alte Ware. Aus der Haushaltsauflösung einer neunzigjährigen alleinstehenden Frau. Gestorben oder Pflegeheim, das wusste Doro nicht genau. Der Anruf war erst heute Morgen gekommen.

War ihr Chef zuständig für die *Hardware*, so war Doro verantwortlich für die *Software*, wie sie spaßeshalber zu unterscheiden pflegten. Zur *Software* gehörten Textilien aller Art, von Bettwäsche bis zu Topflappen, Bekleidung hauptsächlich, aber auch Geschirre, Gläser und Bestecke, Ziergegenstände und Nippes. Sie war mit der Ressortaufteilung ganz zufrieden und hatte im Großen und Ganzen freie Hand, was wichtig war, wenn man Hand in Hand arbeiten wollte.

Und dann hörte sie ihn auch schon, den Chef mit seinem Diesel-Lkw, wie er in den Hof vor der Halle gefahren kam, bremste und den Motor abstellte, die Ladefläche voll beladen. Kaum dass der Motor die letzte Zündung genagelt hatte, stand er bereits in der Halle, mit den Augen einen Stellplatz für die frische *Hardware* suchend, sobald sie entsprechend hergerichtet sein würde. Der Chef. *Hank*. Also der *Handkerchief*.

„Ein Mann war da, *Hank*", Doro nannte ihn stets bei seinem richtigen Namen. Ihr gefiel das *Handkerchief* nicht und sie fand es geradezu albern, ihn so zu anzusprechen. Er war ein erwachsener Mann und kein Halbstarker mehr, den man vielleicht so rufen konnte. Für sie war er und blieb er *Hank*. Dass die Firma *Handkerchief* hieß, fand sie, war eine andere Sache. Dafür war es eine Firma.

„Ein gewisser Christian Kunterbunt, oder so ähnlich, war da. Kennst du ihn? Sagt dir der Name was?"

„Nie gehört", antwortete *Hank*. „Was wollte er?" Sie waren im Büro angekommen. *Affenkasten.*

„Es ist noch Kaffee da. Willst du?"

Hank nickte und brummte Zustimmung. Doro füllte seinen Kaffeebecher aus der Glaskanne. „Er hat sich an den Möbeln zu schaffen gemacht und mehr oder weniger zum Ausdruck gebracht, dass er sie Scheiße findet."

Er stoppte die Tasse auf dem Weg zum Mund. „Hat er sie nicht alle? Ein Spinner? Was hat er für einen Eindruck auf dich gemacht?"

Doro hob die Schultern. „Weiß nicht. Er schien sich auszukennen. Er hat gesagt, dass er später noch einmal vorbeikommt."

„Okay. Schick´ ihn rüber in die Werkshalle, wenn du ihn siehst. Wir laden den Lastwagen ab und fangen schon mal mit dem Aufbau der Möbel an."

Transporte nach Wohnungsauflösungen, oder komplette Wohnungsumzüge, konnte *Hank* natürlich nicht alleine stemmen. Er beschäftigte für diese Zwecke und andere Arbeiten auf dem Areal der Ziegelei Doros Vater Helmut, Frührentner und Witwer, dem zu Hause die Decke auf den Kopf fallen würde, wie er einmal am Tag zu sagen pflegte. Er war praktisch ständig anwesend, war Mädchen für alles und Laufbursche, half bei den körperlich schwereren Arbeiten und kümmerte sich sonst um das Erscheinungsbild des *Handkerchief*. Er kehrte täglich die Ausstellungshalle aus, hielt das Unkraut auf der Zufahrt und dem ganzen Gelände in Schach, schnitt überbordendes Grün zurecht, kümmerte sich um den anfallenden Müll, besorgte alle Einkäufe für die Privathaushalte, übte im Prinzip die Tätigkeiten eines Hausmeisters aus, und würde es zu gerne sehen, wenn aus seiner Doro und *Hank* endlich mehr werden würde als nur Geschäftspartner. Ein Paar vielleicht und beispielsweise. Aber sowohl *Hank* als auch seine Tochter waren wohl verbissen begriffsstutzig, was die Sache mit dem Paar betraf, und das Helmut absolut nicht verstehen mochte.

Hank hatte den Lastwagen durch das Rolltor in die Werkshalle rangiert. Gemeinsam luden Helmut und er die Möbelteile ab, als der lange Schatten eines Besuchers von der tiefstehenden Sonne auf den Hallenboden geworfen wurde. *Hank* kletterte von der Ladefläche, zog die Arbeitshandschuhe ab und ging dem Besucher entgegen.

„Hallo, ich bin Hank Schiefer, kann ich Ihnen helfen?" Doros Beschreibung nach musste es der ominöse Möbeltester sein.

„Christian Gutmund, guten Tag. Sind Sie der *Handkerchief*?"

Hanks Mund verzog sich zu einem Grinsen. „Gewissermaßen. Wie ich gehört habe, gefallen Ihnen unsere Möbel nicht?"

Jetzt grinste auch der Mann in Grau. „Nein, nein, die Möbel gefallen mir schon. Schöne Hölzer, da gibt es nichts zu kritisieren. Nur die Behandlung gefällt mir nicht."

„Nicht?"

„Ja. Darf ich es Ihnen demonstrieren?"

Hank schaute dem Mann in die Augen. Grün wie Smaragde. Nach endlos scheinenden Sekunden sagte er: „Kommen Sie. Zeigen Sie, was Sie meinen."

Der Mann, der sich Christian Gutmund nannte, folgte *Hank* in die Ausstellungshalle. Dort vollführte er das gleiche Prozedere wie zuvor, als er allein in der Halle gewesen war und Schubläden und Schranktüren öffnete und schloss.

„Sehen Sie? Das schließt nicht richtig. Es klemmt. Und hier. Sehen Sie? Rutscht nicht. Und da. Wackelt."

Hank folgte den Demonstrationen aufmerksam. Als der Mann fertig war, fragte er: „Und? Was wollen Sie uns damit sagen?"

„Ich würde es besser machen", antwortete der Mann ernst. „Und zwar so, dass wir die Möbel auch guten Gewissens verkaufen können."

Hatte *Hank* soeben richtig gehört? „Wir?", hakte er nach.

„Ja, wenn Sie mich einstellen."

Heute * Erinnerungen

Ich versuche mit den Händen um mich zu tasten, aber meine Beine, meine Arme, ich kann sie nicht spüren. Ich weiß nicht, ob ich liege, stehe oder schwebe. Bin ich gelähmt?

Ich kann nichts mehr sehen. Ich befinde mich in einem leeren Raum. Die Wände sind schwarz. Es gibt keine Tür, kein Fenster. An der Decke, vorausgesetzt es existiert eine solche, hängt eine nackte Lampe. Sie strahlt schwarzes Licht.

Bin ich blind?

*

Bleistiftspitzer. Ja, so einer war ich gewesen. Immer im Business-Dress. Anzug, Krawatte, Aktenkoffer, geputzte Schuhe. Ein Büro in einem der gläsernen Wolkenkratzer in *Frankfurt am Main*. Ich hatte mitgeholfen, durch nicht so sehr gläserne, dafür eher windige Finanzakrobatik einige wenige Reiche noch ein kleines bisschen reicher zu machen. Es war unser tägliches Geschäft und wurde von uns verlangt, um die Kunden bei unserem Unternehmen, einer der größten Banken

Deutschlands, zu halten. Hätten wir es nicht getan, hätten andere den Reibach eingesackt.

Bis die Staatsanwaltschaft kam.

Natürlich hatten die Bosse von ganz oben keine Ahnung, was in den unteren Stockwerken verbrochen worden sein sollte. Keine Ahnung. Deswegen hatte man auch vollumfänglich mit der Staatsanwaltschaft kooperiert, um den Ruf des Hauses zu wahren, und entsprechende Konsequenzen gezogen. Die mutmaßlichen Verantwortlichen der Gebläse-Abteilung, sprich: der stürmischen Investment-Projekte, wurden entlassen. Bauernopfer. Das war im Jahr 2008 gewesen.

Unter uns, und heute, nach fast zehn Jahren Abstand, kann ich's ja sagen: Keiner der Entlassenen ist als armer Mann gegangen worden. Jeder erhielt, über nicht rückverfolgbare Kanäle, eine dicke Abfindung. Mir haben sie die Kündigung mit vierhundertfünfzigtausend Euro versüßt. Ein Taschengeld im Vergleich zu jenen Boni, welche die Top-Manager jährlich kassieren, aber immerhin. Einzige Prämisse: Maul halten.

Trotzdem kam die Entlassung für mich einem Schock mit Verzögerungszünder und Langzeitwirkung gleich, riss mich in eine Abwärtsspirale, deren funktionale Richtung ich leider erst erkannte, als es bereits zu spät war. Scheiße schmeckt nun mal, auch wenn man Zucker drauf streut, nicht anders als Scheiße.

Einige Tage lang tat ich so, als wäre nichts geschehen und als sei ich noch immer Mitglied des inneren Zirkels einer auserwählten Klasse. Was wir streng genommen ja auch waren, denn was wir an finanzspezifischen Geheimnissen miteinander teilten, hätte bei Bekanntwerden genügt, der Bankenwelt nach dem öffentlich gewordenen weltweiten GAU den endgültigen Todesstoß zu versetzen. Da hätten dann auch die Milliarden des Staates nichts mehr genützt. In puncto Loyalität hielt man seitens der Banker aber zusammen wie Lego-Steine nach Behandlung mit Sekundenkleber, solange man Teil des Systems war.

Ich besuchte, wie früher sonst auch, die einschlägigen Bars in der Innenstadt, wo die Kollegen anderer Abteilungen sich zum Feierabendbier zu treffen pflegten. Dass ich nicht mehr dazugehörte, bemerkte ich alsbald. Gespräche verstummten, wenn ich mich zu den Ex-Kollegen setzte; manch einer erhob sich demonstrativ und gesellte sich zu einer anderen Gruppe; man schnitt mich und ging mir aus dem Weg; bis mir einer knallhart ins Gesicht sagte, dass meine Anwesenheit nicht mehr erwünscht sei. *Du bist draußen, Handkerchief. Game over, verstehst du?*

Und einer schien es dem anderen zu sagen, als würden es Vögel von den Dächern pfeifen. Ich bekam keinen Fuß mehr in die Tür. Wer einmal aus dem fahrenden Zug gefallen war, bekam kein Trittbrett mehr zu fassen, und keine Hand streckte sich hilfreich nach einem aus, egal wohin der Zug auch unterwegs war. Keine Bank stellte einen wie mich mehr ein. Zweiundvierzig Jahre alt, und abgeschoben aufs Abstellgleis.

Ich hatte ja nichts anderes gelernt, als mit Zahlen, Konten, Aktien, Fonds und Investmentpapieren zu jonglieren. Es war wie ein Spiel, und ich beschäftigte mich tagein tagaus mit Millionenbeträgen. Was ein normaler Arbeiter oder eine Angestellte in Wirklichkeit verdiente, hatte ich längst aus den Augen verloren. Es gehörte in eine andere Welt, die mit meiner eigenen nichts zu tun hatte. Denn ich wohnte in einem schicken Miet-Apartment in der Nähe des Mains, und fuhr ein flottes amerikanisches Cabrio *Chrysler Le Baron.*

Von vierhundertfünfzigtausend Euro lässt sich gut leben, dachte ich, und vertraute einen Großteil des Geldes wider besseren Wissens einem todsicheren Aktienfonds mit sagenhafter Gewinnprognose an, um mein Vermögen zu mehren und meinen Lebensstandard auch ohne Einkommen generierende Arbeit halten zu können.

Es lief nicht so gut wie vorgesehen. Die Aktie verlor aus unerklärlichen Gründen an Wert. Von Beginn an und andauernd. Als es darum ging, sie durch frisches Geld zu stützen, griff ich schweren Herzens und dummerweise ein weiteres Mal in meinen Sparstrumpf, aber die Sause ging weiter nach unten. Ich sah meine Grundlagen verschwinden, und als schließlich Panik ausbrach und es hieß *verkaufen, verkaufen,* waren weit und breit keine Käufer da, außer ein paar Wenigen und mir selbst. So erwarb ich in der Verzweiflung für fünfzehntausend Euro Müll-Aktien, die einmal mehr als das Dreißigfache wert gewesen waren.

Von dem ganzen schönen Geld blieben mir fünfzigtausend. Notbremse. Ich verkaufte den *Chrysler Le Baron,* kündigte mein Apartment in *Frankfurt,* und zog nach *Durlangen,* wo ich geboren worden und aufgewachsen war, zurück. Als Verlierer. Ohne Anhang.

Christian Gutmund, fürderhin einfach Chris genannt, Doro und *Hank* waren ohne Hickhack rasch handelseinig geworden. Chris sollte sich künftig um die Möbel kümmern, sowohl was Auswahl, Zusammenbau, Reparatur und Pflege betraf. Dafür wurde er mit anfänglich fünfundzwanzig Prozent an den Gesamteinnahmen des *Handkerchief* beteiligt. Blieben für Doro und *Hank* immer noch je siebenunddreißig Prozent.

„Das ist in Ordnung", meinte Chris, hatte jedoch eine Bedingung. „Du musst mir helfen, meine Werkzeuge zu holen."

„Wann kannst du anfangen?", fragte *Hank*.

„Wenn es keine Umstände macht, sofort."

Mit Helmuts Unterstützung holten Chris und *Hank* die Werkzeuge. „Was hast du bisher gemacht?", fragte *Hank* im Führerhaus des Lkw, während er sich von Chris den Weg zu dessen Werkstatt zeigen ließ.

Chris´ Miene verfinsterte sich. „Ich war Schreiner bei der *Kübler GmbH*", antwortete er. „Und dann BfA. Oder Arbeitsamt, wie es früher hieß. Aber ich bin neunundvierzig, da kriegst du nicht mehr so schnell eine Stelle. Für Umschulung tauge ich nicht."

Hank blies Luft aus der Nase. „*Kübler*? Die Möbelfirma, die zugemacht hat?"

Chris schwieg eine Weile. Dann sagte er: „Die Leute haben kein Geld mehr, um hochwertige Möbel zu kaufen. Da vorne rechts."

Hank bog um die Ecke. Samariterstraße. Nach etwa hundert Meter deutete Chris auf eine Einfahrt. „Hier links rein. Siehst du den Schuppen dort hinten? Davor kannst du anhalten."

Der Lkw rollte über einen unbefestigten Schotterweg auf einen ebensolchen Hof. Der Schuppen war ein flaches Gebäude aus Holz mit einem breiten zweiflügeligen Tor. Im rechten Winkel dazu stand ein eineinhalbstöckiges Wohnhaus mit kleinen Fenstern. „Hier wohne ich", sagte Chris, als würde er sich schämen. „Noch", fügte er bitter hinzu.

Hank schaute ihn skeptisch an.

„Ich muss in einem Monat ausziehen", sagte Chris. „Ende November."

„Und dann?"

Chris knurrte etwas, das *Hank* als „Mal sehen" verstand.

Im Schuppen befanden sich Chris' eigene Werkzeuge. Zwei schwere Hobelbänke mit Schraubspannvorrichtungen, eine Hobelmaschine, eine Tischkreissäge, zwei Handkreissägen, eine Tischbandsäge, zwei Stichsägen, mehrere Schleifmaschinen, Bohrmaschinen mit und ohne Ständer, über zwei Dutzend Schraubzwingen, diverse Leime, Harze, Firnisse und Lacke, sowie ein riesiges Arsenal von Handwerkzeugen, von Stechbeiteln angefangen über Feilen und Raspeln bis zu unterschiedlichsten Messern nebst Schmirgelpapieren und auswechselbaren Fräseraufsätzen.

„Gut, dass wir zu dritt sind", sagte Chris unter Hinweis auf Helmut. „Ist er …?"

„Helmut ist Doros Vater", erklärte *Hank*. „Er ist festes Mitglied der Belegschaft ohne offizielle Gewinnbeteiligung. Warum musst du das Haus verlassen?"

„Eigenbedarf", schnappte Chris kurz und bündig.

Hank beließ es dabei. Wer erzählte am ersten Tag schon gern seine Lebensgeschichte? Zum Reden würde es noch genug Gelegenheit geben, sofern Chris bei ihnen Wurzeln schlagen würde. Er widmete sich der Ausstattung im Schuppen.

„'ne Menge Zeug, das du hast."

„Muss alles raus", sagte Chris.

Mit dem beladenen Lkw in der Werkshalle zurück, sagte *Hank*: „Entscheide du, wo und wie du deine Werkstatt einrichten willst. Stromanschlüsse findest du reichlich. Aber die Ecke mit Waschmaschine, Wäschetrockner und Bügelstation ist tabu. Und sonst kann ich nur sagen: Willkommen im Team." *Hank* streckte ihm die Hand hin.

Chris nahm die Hand entgegen. „Danke euch. Danke für die Chance."

Heute * Erinnerungen

Etwas sickert in mich hinein. Ein angenehmes Gefühl. Es ist, als krabbelten kleine Insekten durch meinen Körper. Oder als perlten lauter winzige Luftbläschen durch die Adern. Es prickelt. Ich finde es schön. Es wärmt und kühlt gleichzeitig. Wie kann das möglich sein?

Als Kind liebte ich die kleinen Tütchen mit Brausepulver. Man konnte sie für ein paar Pfennige beim Bäcker kaufen. Sie waren meine erste Droge, in kleinen Briefchen aus Papier. Alle Kinder liebten sie. Wir steckten abgeschnittene Strohhalme hinein und saugten damit das Pulver auf die Zunge, an den Gaumen. Es schäumte und knisterte und war wunderbar süß, wahrscheinlich reinster Zucker, schlecht für unsere Kinderzähne, aber was sollten wir tun, wo es doch so unvergleichlich und herrlich schmeckte?

*

Die Einzimmerwohnung, die ich in *Durlangen* bezog, lag in der Kerngasse, nur einen Steinwurf vom Bertolt-Brecht-Platz, dem Zentrum *Durlangens*, entfernt.

Meine Eltern, beide schon in Rente, wohnten seit Jahr und Tag in der Klahrer Straße, und eigentlich war nur meine Mutter froh darüber, mich wieder in erreichbarer Nähe zu wissen. Mein Vater, ein widerlicher und halsstarriger Spötter, kommentierte meine Ankunft mit den Worten: *Hab' doch gleich gewusst, dass du es vermasseln wirst*, was der Grund war, weshalb ich mich mit Mutter nur noch im *Café Fürst* traf. Die Wohnung in der Klahrer Straße besuchte ich nicht mehr.

Ohne sonderlich ausgeprägte Motivation bewarb ich mich der Form halber bei der *Sparkasse* und der *Volksbank* um eine Stelle, natürlich ohne Erfolg. Wahrscheinlich waren die Buschtrommeln aus *Frankfurt* bis nach *Durlangen* zu hören. Irgendwie war ich sogar erleichtert über die Absagen, ohne dass ich es genau erklären konnte. Vielleicht wollte ich mich dem kollegialen Getuschel nicht aussetzen. Ich hatte einfach das Gefühl, dass das nicht mehr meine Zukunft war.

Letzten Endes nahm ich einen Job als Hilfsarbeiter bei einer Baufirma an, die am Stadtrand von *Durlangen* einen Wohnblock hochzog. Hauptsächlich wegen des Geldes, um meine Fixkosten nicht vom Rest meiner Abfindung decken zu müssen. Aber auch mit der Absicht, etwas völlig anderes zu tun. Körperliche Arbeit. Einfache Typen. Ehrliche Menschen. Und ja, ehrlich verdientes Geld.

Die erste Woche war die härteste meines zweiundvierzigjährigen Lebens. Ich war Arbeit mit Spitzhacke und Schaufel nicht gewohnt, und als ungelernter Bauarbeiter hatte ich keine andere Wahl. Ich hob tagsüber Gräben für die Fundamente aus, und nachts wusste ich vor lauter Rückenschmerzen nicht, wie ich mich legen sollte. Die Arme hingen gefühlt bis zu den Schienbeinen, und Suppe löffeln konnte ich vergessen, weil ich vor lauter Zittern die meiste verschüttete. Die Bedienung in der Kneipe, die ich regelmäßig nach Feierabend besuchte, fragte mich stirnrunzelnd, ob ich ein Drogenproblem hätte, weil ich das Bierglas mit zwei Händen hielt.

Doch ich biss mich durch, und allmählich spürte ich, wie gut mir die schwere Arbeit an der frischen Luft bekam. Mein Körper entwickelte eine Spannung, die ich vorher höchstens bis zum zwanzigsten Lebensjahr verspürt hatte. An den Armen bildeten sich Muskeln heraus, das Fleisch an den Schenkeln wurde fest, an den Händen zeigten sich Schwielen und ich konnte damit kräftig zupacken. Sogar mein Gesicht verlor seine weichen Züge.

Wie erwähnt, trank ich jeden Feierabend ein Bier oder zwei in einer Kneipe, die zu meiner Stammkneipe avancierte. *Loud 'n' Proud* war der Name, nach einem Album der Rockgruppe *Nazareth* benannt. Die Bestückung der Musikbox ließ zudem unschwer vermuten, dass der Wirt ein Fan der Band war. Zum Interieur des Lokals zählten ein Billard-Tisch und ein Tischkicker. Die Gäste gehörten überwiegend der Motorrad fahrenden Spezies an, was ich anhand der geparkten Maschinen vor der Tür und der Lederjacken gut nachvollziehen konnte.

Ich saß meistens auf dem gleichen Hocker an der Bar, weitestgehend unbehelligt und in Ruhe gelassen. Nur ab und zu ergaben sich kurze Wortwechsel mit der Thekenbedienung. Sie hieß Doro, wie ich mitbekommen hatte, und mochte fünf Jahre jünger sein als ich. Sie sah ziemlich gut aus, dunkelblonde lange Haare nachlässig hochgesteckt, und in der Kneipe eine respektierte Institution mit lässig ausgeübter Autorität.

„Deine Hände zittern nicht mehr", sagte sie eines Abends, und ein souveränes Lächeln kräuselte ihre Lippen. Die Frau ruhte in sich selbst.

„Was uns nicht umbringt, macht uns hart", antwortete ich launisch, weil mir nichts Besseres als bloß so ein althergebrachter Spruch eingefallen war.

„Einer der Biker hat gesagt, dass du dieser *Handkerchief* seist."

„War das eine Feststellung oder eine Frage?“

„Bist du´s?“

„Du sagst es wie eine Krankheit“, gab ich zurück. „Was erzählt man sich denn so über diesen *Handkerchief*?“

Sie zapfte ein Bier. „Dass du eine große Nummer in *Frankfurt* bist?“

„Vergangenheitsform“, erwiderte ich. „Richtig ist: Dass ich in *Frankfurt* war. Auch das mit der *großen Nummer* stimmt nicht. Bin ich nie gewesen.“

Sie schob mit einem Holzspachtel überflüssigen Schaum vom Glas. „Wer hier in der Provinz eine Million als Zahl fehlerlos schreiben kann, ist groß“, sagte sie.

So kann man es auch interpretieren, dachte ich. „Ich arbeite auf dem Bau. Hilfsarbeiter. Zurzeit, wenigstens.“

„Ehrlich währt am längsten“, sagte sie, und trug das Bier zu seinem Besteller.

Höre ich da etwa eine Anspielung heraus, dachte ich. Sie kam hinter die Theke zurück, schenkte mir ein zweites Bier ein, kümmerte sich dann aber um andere Gäste, die frisch gekommen waren. Ich trank das Bier aus, legte die Zeche auf die Theke und verließ das *Loud ´n´ Proud*.

November 2015

„Da muss etwas geschehen, *Hank*“, forderte Doro mit Zeitverstärker, „und zwar bald. Der Staub versaut mir die ganze Wäsche.“

„Und warum sagst du es ihm nicht selber?“, fragte *Hank*, der die Oktober-Abrechnung zusammenstellte. Tatsächlich kannte er das Problem. Seit Chris mit seinen Maschinen in der Werkshalle arbeitete, breitete sich feinster Holzstaub aus, drang in feinste Ritzen, legte sich auf jedes und alles.

„Danke für die Unterstützung, *Chief*“, motzte sie. Wenn sie schon nicht *Handkerchief* über die Lippen brachte, so betitelte sie ihn, wenn sie wie jetzt gereizt war, gerne mit *Chief*.

„Er macht gute Arbeit, Doro. Was er aus unseren Möbeln herausholt, ist einsame Spitzenklasse. Falls du es bemerkt haben solltest: Der Verkauf hat zugenommen.“

„Ich mache auch gute Arbeit, und der Verkauf wird abnehmen, wenn die Ware mit Dreck belastet ist.“

Womit sie natürlich recht hatte, und gegen Doros Argumente war absolut nichts einzuwenden.

„Komm´ mit“, sagte er. „Sagen wir´s ihm gemeinsam.“

Schon als sie die Werkshalle betraten, kitzelte der Staub in ihren Nasen. Im Schein der Neonröhren, die Chris aufgehängt hatte, flimmerten feinste Partikel mikroskopisch kleinen Schleifmehls. „Siehst du, was ich meine?“, fragte sie unnötigerweise.

Chris nahm seine Ohrschützer, Schutzbrille und Staubmaske ab, als sie in seinen Werkbereich traten.

„Gut, dass ihr kommt", begrüßte er sie. „Ich muss mit euch reden."

Doro und *Hank* schauten sich an und grinsten. „Dann passt es ja. Wir müssen uns auch mit dir unterhalten", übernahm *Hank* die Rolle.

Chris legte die Schleifmaschine weg. „Also gut. Ihr zuerst. Was brennt euch auf der Seele?"

Doro blickte sich um. „Es ist der Staub, Chris. Trotz der Absaugeinrichtungen an deinen Geräten breitet er sich nach überallhin aus. Er legt sich auf die Textilien, die ich wasche und bügle und zwischenlagere. Selbst wenn ich Folie darüber auslege, setzt sich der Staub drunter ab. Mein Vater kommt mit dem Putzen nicht mehr nach. Mach´ einen Vorschlag, wie man das abstellen kann. Sonst ist meine Arbeit für die Katz."

In Chris´ Augen funkelte ein Lichtreflex. Er räusperte sich. „Im Prinzip hat es mit dem zu tun, über das ich mit euch sprechen wollte. Tja, wie kann man es abstellen? Man könnte ein aufwändiges Abluftgebläse installieren. Die sind aber sehr teuer und trotzdem nicht hundertprozentig effektiv. Oder ..."

„Oder?"

„Oder man unterteilt die Halle durch Wände. Das ist das, worüber ich mit euch sowieso reden wollte."

„Wieso sowieso?", fragte *Hank*.

Chris trippelte unsicher von einem Bein aufs andere.

„Wie du weißt, muss ich Ende November meine alte Hütte verlassen. Da hab´ ich gedacht, ich könnte mir hier in der Halle eine Bleibe einrichten."

„Eine Bleibe?" Doro verstand nicht sofort.

„Lass´ ihn bitte ausreden, Doro. Weiter, Chris. Du hast dir also Gedanken gemacht."

„Ja, und nicht nur das." Chris, der die gewichtigsten Worte bereits über die Zunge geschickt hatte, wurde lebendig. Er eilte zu einer seiner Hobelbänke und holte das Blatt eines Zeichenblocks. „Hier, ich habe auch schon einen Plan gezeichnet. Für eine kleine Wohnung. Hier. Und im Rahmen dieser Umbauten könnte man dann die Möbelschreinerei ebenfalls mit Wänden und Decke versehen."

Hank warf einen kurzen Blick auf die Skizze. „Okay, aber das besprechen wir nicht hier. Gehen wir rüber ins Büro und unterhalten uns bei einem Kaffee in sauberer Luft."

Sie wechselten die Halle und saßen alsbald im *Affenkasten* mit Kaffee und Keksen beieinander.

„Wie stellst du dir das vor, Chris? Eine Wohnung in der Werkshalle. Oder eine Bleibe, wie du es genannt hast." Doro eröffnete das Gespräch und dachte an die zu erwartenden Kosten.

„Wie ich bereits erwähnt hatte, muss ich Ende November aus meinem Häuschen. Ich meine, Platz ist in der Werkshalle reichlich vorhanden, und viel brauche ich nicht. Ich dachte an zwei gleich große Räume und an einen kleinen für ein Bad. Der eine zum Schlafen, der andere zum Wohnen und als Küche. In der hinteren Ecke. Ich könnte die Außenwände mit zwei Fenstern einbeziehen und müsste innerhalb der Halle nur zwei Wände erstellen." Er demonstrierte seine Vorstellungen auf der Skizze.

„Die Wände. Wie willst du die bauen?", fragte *Hank*.

„Wie hast du deine Wohnung gebaut, *Handkerchief?*" Chris´ Gegenfrage.

„Ich habe Gasbetonsteine verwendet."

„Gut. Als Schreiner und Zimmermann ziehe ich natürlich Holz vor. Ich konstruiere zunächst einen Rahmen aus Kanthölzern, und verkleide sie, außen und innen, mit sogenannten Schreiner- oder Zimmermannsplatten. Die Zwischenräume fülle ich mit nichtbrennbarem Dämmmaterial. Die Decke verkleide ich nur mit einer Schicht. Das Baumaterial bezahle ich aus eigener Tasche. Wenn du mir mit dem Lkw beim Transport hilfst und sonst ein bisschen zur Hand gehst, bin ich in längstens einer Woche fertig. Die Werkstatt umbaue ich nach dem gleichen System. Was meint ihr?"

„Hört sich soweit gut an. Aber wo ...?"

„Du meinst Wasser für Dusche, WC, Spül- und Waschbecken, Abwasserleitungen? Zufällig weiß ich, dass die Abwasserleitungen von euren beiden Wohnungen hinter der Werkshalle zur Straße verlaufen. Von Doros Waschmaschinenanschluss lege ich eine Wasserleitung an der Wand entlang für Bad und Küche. Fürs Abwasser muss ich halt einen Durchbruch in die Außenmauer schlagen und ein Loch bis zum Abwasserrohr graben. Den Anschluss allerding muss dann ein Fachmann machen. Aber das allermeiste kann ich selber. Ich sehe da keine Komplikationen. Nun sagt halt was. Doro. *Handkerchief.* Lasst mich nicht hängen."

Doro überlegte: „Meinst du nicht, dass du in einer stinknormalen Wohnung besser aufgehoben wärst? Ich meine, unser Vertrag mit der Stadt läuft gerade noch zwei Jahre. Vielleicht kündigen sie uns die Nutzung und verkaufen das alles. Ich sage das, damit du die Situation kennst, nicht, weil ich dich nicht hier haben will."

„Ja, seh´ ich auch so, Chris", stimmte *Hank* mit ein.

Doch Chris schüttelte den Kopf. „Vielleicht bin ich in zwei Jahren tot. Vielleicht fliegt das *AKW Fessenheim* in die Luft. Vielleicht haben wir in zwei Jahren den dritten und letzten Weltkrieg. Danke für eure Fürsorge, aber ich würde es vorziehen, hier zu bleiben. Wie ich gesagt hatte. Eine Bleibe."

Hank nahm die Kaffeetasse zur Hand. „Gut, Doro, bist du damit einverstanden?"

Sie atmete tief ein und aus. „Gut."

„Dann lasst uns mangels Champagner wenigstens mit Kaffee darauf anstoßen, dass Chris seine *Bleibe* in der Werkshalle einrichtet. Prost."

Heute * Erinnerungen

Ich habe mich ergeben. Habe den Kampf gegen die Dunkelheit aufgegeben und mich mit ihr arrangiert. Sie ist für mich eine verlässliche Größe geworden. Vertraut und immerdar. Ich glaube nicht länger, dass ich blind bin.

Denn wenn ich die Augen schließe, erscheinen hinter den Lidern bunte Farben. Manchmal so grell wie Neonlicht. Die Sehnerven müssen also intakt sein. Durch

Übung und Konzentration kann ich die Farben sogar steuern. Wenn ich die Augäpfel bewege, nach oben oder unten, links oder rechts, verschieben sich die Farben. Ich kann die Form der Farben bestimmen. Quadrate, Kreise, Dreieicke, Linien, Blitze. Neuerdings gelingt es mir, Farben und Formen übereinanderzulegen. Ein grünes Dreieck über ein rotes Quadrat, zum Beispiel. Für einen Farbenblinden, der ich vor der Dunkelheit gewesen war, ist das eine grandiose Leistung. Ich glaube, ich habe noch nie vorher so viele schöne Farben gesehen. Vielleicht sollte ich anfangen zu malen?

*

Innerhalb von zwei aufeinanderfolgenden Tagen ereigneten sich zwei Vorfälle, die mein späteres Leben nachhaltig beeinflussen sollten.

Am ersten Tag: Der Neubau, an dem ich arbeitete, war aus den Fundamenten emporgewachsen und in der zweiten Etage angekommen. Die Zeit, in der ich mit Spitzhacke und Schaufel in der Erde wühlte, war vorbei, und ich war zuständig für die Herstellung von Türstürzen aus Beton, also den Teilen, die die gemauerten Türöffnungen in einem Stück überspannten. Bei einem achtstöckigen Wohnhaus mit drei Eingängen und geplanten achtzig Wohnungen kann man sich die schiere Anzahl von Türen ungefähr vorstellen. Ich hatte also zu tun.

Für die zu betonierenden Stürze hatte ich, der Einfachheit halber, vorgefertigte Schalungselemente, die ich nur noch mit Stahlarmierungen auslegen und mit

Beton ausgießen musste. Erschwernis: Den Beton musste ich selber anrühren, und hatte dafür eine dieser kleinen Betonmischmaschinen zur Verfügung. Sand, Zement, Wasser, eine Schaufel und eine Betonwanne waren die Dinge, mit denen ich nun von früh bis spät beschäftigt war.

Wie es passieren konnte, war mir immer ein Rätsel geblieben, war es doch –zigmal vorher gut gegangen. Die Betonmischmaschine lief, und ich schaufelte abwechselnd Sand und Zement in die Trommel, schüttete nach Bedarf Wasser aus einem Eimer dazu. Die Masse sollte nicht zu trocken, aber auch nicht zu flüssig werden. Ich schaufelte und goss, die Trommel drehte sich – und kippte plötzlich mit der Öffnung nach unten. Der Inhalt der Trommel entleerte sich auf den Boden. Scheiße, dachte ich, packte die drehende Trommel und wollte sie wieder nach oben kippen. Leider griff ich mit der linken Hand an den Zahnradkranz, der die Trommel umlief und über den sie angetrieben wurde. So gerieten drei Finger meiner linken Hand in das Getriebe, zwischen zwei Zahnräder, und wurden zermalmt.

Ich wurde notfallmäßig in die *Durlacher* Klinik gefahren, wo man die Finger ambulant zusammenflickte. Dicker Verband, Gips, Feierabend.

Zur weiteren Arbeit naturgemäß nicht fähig, verließ ich am nächsten Tag meine Wohnung, um im *Loud 'n' Proud* ein früheres Bier als gewöhnlich zu trinken. Wie ich aber in die Nähe kam, sah ich ein Feuerwehrauto und einen Streifenwagen in der Straße vor dem Lokal stehen. Noch näher stellte ich fest, dass über den Fensteröffnungen der Kneipe schwarze Brandspuren nach oben leckten. Die Fenster selber waren scheibenlose Löcher.

Ich fragte einen der Polizisten, der am Streifenwagen lehnte, was geschehen sei.

„Es gab gestern Nachmittag eine Auseinandersetzung zwischen zwei Biker-Gruppen. Zunächst in der Kneipe, dann wurde sie auf der Straße fortgesetzt. Wir hatten deswegen einen Einsatz und konnten die Gemüter zunächst beruhigen. Am späten Abend jedoch schleuderten ein oder zwei Unbekannte mindestens zwei Molotowcocktails in die Bar. Die Feuerwehr konnte nur verhindern, dass die Flammen auf das obere Stockwerk übergriffen. Das Lokal selber ist total ausgebrannt. Im Moment ist der Brandsachverständige drinnen, aber das ist wohl ein klarer Fall von Brandstiftung, will ich meinen.“

„Hat es Verletzte gegeben? Sind Personen zu Schaden gekommen?“, fragte ich.

„Eine Frau. Sie hat wohl versucht, mit einem Feuerlöscher zu retten, was nicht zu retten war, aber es hat nichts genutzt. Sie hat eine Rauchvergiftung erlitten und ist ins Krankenhaus eingeliefert worden.“

Eigentlich ging mich die Frau ja nichts an. Wegen ein paar gewechselter Worte knüpft man noch lange keine Freundschaftsbande oder bringt Blumen ans Bett. Doch ich besorgte einen Blumenstrauß, von dem ich hoffte, dass er Gefallen finden könnte und machte mich auf den Weg ins Krankenhaus, in dem ich gestern erst selber gewesen war.

Schon als der Polizist *eine Frau* erwähnt hatte, hatte ich gewusst, dass es sich um Doro handeln musste. Wer sonst würde einen Feuerlöscher schnappen und Löschversuche starten, wenn nicht sie? Wegen ihr also ging ich hin.

Sie lag in einem Drei-Bett-Zimmer, eine Sauerstoffleitung in der Nase. Die langen dunkelblonden Haare lagen medusenhaft auf dem Kissen verteilt. Schlief sie?

„Ach nee, der *Handkerchief*", sagte sie mit schwacher Stimme. „Mit Blumen. Das ist aber eine Überraschung. Wieso habe ich jetzt das komische Gefühl, dass mich der Besuch ein bisschen freut?"

„Vielleicht, weil du es gewusst hast", sagte ich ins Blaue.

„Nicht schlecht, Herr Specht. Tatsächlich habe ich gerade über eine Liste von potenziellen Besuchern nachgedacht, und du stehst ziemlich weit oben."

„Von wie vielen?", fragte ich.

„Von dreien. Mein Vater, mein Chef, und du, *Hank*. Du bist heute der Zweite. Papa war schon da."

„*Hank*? Nicht *Handkerchief*?"

Sie schaute mich teils bedauernd, teils amüsiert an. „Das ist doch dämlich, um nicht zu sagen lächerlich. Du heißt *Hank*, und gut ist. Was ist dir denn passiert? Arm in Gips?"

Ich erzählte ihr von meinem Malheur. „Ich hab´ also frei, und kann dich täglich besuchen. Ich nehme auch Aufträge an, wenn sie nicht zu schwierig sind."

„Da wüsste ich was", sagte sie, ohne lange überlegen zu müssen. „Such´ mir einen neuen Job."

Dezember 2015

Mit Chris´ Wohnungsbau war es wirklich schnell vorangegangen und man merkte, dass Holz eindeutig sein Metier, und er in der Verarbeitung ein Meister war. Seine Möbel konnten sie noch vor Ende November aus seinem Mietshäuschen holen und in die neuen Räume stellen. Gleichzeitig wurde die Umbauung der Werkstatt fertig, und Doro hatte absolut keinen Grund mehr zur Klage. So weit, so gut.

Womit er in Schwierigkeiten geriet, war das geplante Badezimmer. Die Wasserleitungen vom Waschmaschinenanschluss waren nicht das Problem. Die hatte er innerhalb eines Tages inklusive eines elektrischen Durchlauferhitzers installiert. Aber ohne Abwasserleitung nutzte auch die Zuleitung nichts. Die Abwasserleitung verlief zwar richtigerweise an der Rückseite der Werkshalle, doch erheblich tiefer als er vermutet hatte. Er grub und pickelte eine halbe Woche den Grund auf, ohne das Rohr gefunden zu haben. Erschwerend kam hinzu, dass just an jenem Ort die früheren Erbauer der Ziegelei entweder überflüssigen Beton entsorgt, oder das Fundament extra breit angelegt hatten. Jeder Schlag mit der Spitzhacke prellte ihm Hände, Handgelenke und Arme, dass er abends nach getaner Arbeit über Schwellungen klagte. Eine Firma mit Presslufthammer zu engagieren, ließ er nicht zu, warum auch immer. Und weil er, solange der Abfluss nicht verlegt und angeschlossen war, seine Toilette nicht benutzen konnte, mietete er ein sogenanntes *Dixi-Klo*. Gegenüber der Tatsache, dass er mit den Kosten für das Miet-Klo auch einen Presslufthammerfirma hätte beauftragen können, war er merkwürdig uneinsichtig. Irgendwie ließ ihm auch sein Stolz nicht zu, *Hanks* oder Doros Bad mit Toilette zu frequentieren, obwohl sie ihm die Möglichkeit in Aussicht gestellt hatten, und so wusch er sich bloß am Waschbecken und fing das Abwasser mit einem Eimer auf.

Es ging bereits auf Weihnachten zu, als er es endlich geschafft hatte und Doro, Helmut und *Hank* zu einer kleinen Einweihungsfeier einlud. Die schwere und ununterbrochene Schufterei schien ihn noch stärker ausgelaugt zu haben, als man ihm ohnehin schon ansah. Er hatte ja zudem die Arbeit mit den Möbeln nicht vernachlässigt.

Chris hatte eine Flasche Sekt und Salzbrezeln gekauft und bewirtete alle in seinem Wohnzimmer, dessen Einrichtung selbstverständlich aus Eigenkreationen bestand. Doro fand es urgemütlich uns sparte auch nicht mit entsprechendem Lob.

„Okay, Chris, jetzt darfst du endlich deinen Briefkasten an der Straße aufhängen", beglückwünschte ihn *Hank*. „Gute Arbeit, die du geleistet hast. Du hast meinen vollen Respekt."

Chris grüne Augen funkelten aus den tiefen Höhlen.

„Danke, *Handkerchief*. Danke, Doro. Jetzt fühle ich mich wieder wohl. Mit einem richtigen Zuhause. Das habe ich gebraucht, um meiner selbst willen. Ihr müsst das nicht unbedingt verstehen."

„Dann mach´ es uns verständlich", sage Doro, und strich wiederholt anerkennend über die glatten Holzflächen des Tisches und der Sessel.

Chris beugte sich nach vorne, stützte die Ellbogen auf die Knie und senkte den Kopf, sodass sein schwarzes Haar mit den Silbersträhnen das Gesicht verdeckte.

„Du musst nichts ..." *erzählen, was du nicht willst,* wollte Doro sagen, doch Chris' Kopf hob sich wieder.

„Ich war lange Zeit obdachlos. Ungefähr zehn Jahre. Deswegen bedeutet mir ein eigenes Dach über dem Kopf sehr viel. Was für andere selbstverständlich ist, ist für mich etwas sehr Besonderes. Es ist mir wichtiger als Geld oder sonstiger Besitz."

„Oh, dann sind wir hier mit dir ja auf dem richtigen Weg, nicht wahr, *Hank*?"

„Absolut, Doro. Ich muss gestehen, dass meine Perspektive früher das genaue Gegenteil war. Für mich war kaum noch etwas von besonderem Wert, weil ich mir alles leisten konnte. Ich hatte so ziemlich jeden Bezug zu ziemlich allem verloren gehabt. Deswegen bin ich froh, mit euch zusammen dieses Projekt *Handkerchief* führen zu können. Dafür möchte ich euch danken. Und sollte ich mich entgegen meiner Absicht doch hin und wieder als arrogantes Arschloch erweisen, dann sagt es mir ungeschminkt ins Gesicht. Apropos *Handkerchief*: Chris, würdest du mich in Zukunft bitte mit meinem Namen anreden? So wie Doro? Mit *Hank*?"

Februar 2016

Die Möbel mauserten sich zu *dem* Renner. Die Verkaufshalle leerte sich nach und nach, und bald war es so, dass die Möbel, sobald sie, von Chris veredelt, zum Verkauf bereit standen, schon Interessenten und Käufer gefunden hatten. Chris arbeitete in Vollbeschäftigung.

Es gab eine kurze Diskussion darüber, *Hank* hatte sie angestoßen, ob man den Verkauf durch Anhebung der Preise oder durch Preisaktionen besser steuern könnte.

Doro und Chris hatten entschieden abgelehnt, wobei Doro *Hank* schärfer kritisiert hatte, als dieser dem Thema grundlegend zugetraut hätte.

„Wenn ich in deinen Augen Gier erkenne, *Hank*, wenn ich anstatt deiner Pupillen Dollarzeichen sehe, bin ich weg! Hast du verstanden? Weg! Wir sind eine soziale Einrichtung, und ich will den Ruf, den wir uns allmählich erarbeitet haben, nicht durch Gewinnstreben zerstören.“

„Oh, entschuldige, dass ich mir Gedanken gemacht habe“, erwiderte Hank beeindruckt. „Wir müssen Geld einnehmen, schließlich wollen wir alle leben, und Zuschüsse bekommen wir nun mal keine.“

„Genau. Die Gedanken und das Geld. Wir verdienen mit den zwei bis drei Umzügen pro Woche genug. Die Umzüge sind unser Grundeinkommen, und wir fahren damit nicht schlecht. Um Reichtümer zu horten, haben wir das *Handkerchief* nicht aufgezogen. Hör´ zu. Ich bin gefragt worden, ob wir vielleicht eine Warteliste auf bestimmte Möbel anlegen würden. Warteliste! Mein Gott, wir transplantieren doch keine Organe!

Damit beginnt es nämlich, dass dann der Meistbietende den Zuschlag erhält, und der arme Schlucker leer ausgeht, wie es immer ist. Nicht mit mir, *Hank*! Nicht mit mir! Unsere Ware ist und bleibt erschwinglich, und wer als erster kommt, der mahlt zuerst. Punkt."

Eines Mittags, Chris und Helmut kamen mit dem Lkw von einer Haushaltsauflösung zurück, fiel *Hank*, der die Ankunft vom *Affenkasten* aus beobachtete, ein Mann auf, der den beiden beim Abladen zur Hand zu gehen schien. Seit dem Umbau der Werkshalle gestaltete sich die Einfahrt durch das Rolltor etwas umständlich, weshalb Chris es bei trockenem Wetter vorzog, außerhalb abzuladen. Der Mann half sowohl beim Tragen der Möbelteile als auch beim Transport der für Doros Abteilung bestimmten Kartons und Kisten. Zunächst dachte sich *Hank* nichts weiter dabei.

Als er den Mann jedoch auch nachmittags wiederholt in der Werkshalle erblickte, kam ihm die Sache seltsam vor. Weil Doro dort drüben sowieso mit neu angekommenen Textilien beschäftigt war, sortieren, waschen, trocknen, und so weiter, fand er es nur für folgerichtig, mal wieder zu schauen, was Sache war. *Hank* begab sich in die Werkshalle.

„Du musst das verstehen", kam ihm Doro, kaum dass er das Rolltor passiert hatte, sogleich vorbauend entgegen, „Chris ist alleine einfach überlastet. „Deswegen hat er Jalil engagiert."

Hank breitete die Arme aus. „Hab´ ich was gesagt? Wo sind sie denn?"

„In der Schreinerei", antwortete sie. „Mach jetzt aber bloß keinen Zoff, hörst du?"

Hank, schon halb auf dem Weg zur Werkstatt, drehte sich nochmal um. „Sag´ mal, Doro, wie stellst du mich eigentlich hin? Du tust gerade so, als wär´ ich der böse Wolf, der die sieben Geißlein fressen will. Bin ich so unmöglich, dass du mich hier abfangen musst? Um mich vorzubereiten?"

„Na, so wie du herangerauscht kamst, musste ich mit dem Schlimmsten rechnen", antwortete sie.

Hank war sprachlos. War es tatsächlich so, dass man ihn fürchten musste? War es nur eine Momentaufnahme, oder etwa schon ein Dauerzustand?

„Mach´ ich etwas falsch, Doro? Gebe ich euch Anlass zur Klage? Erklär´s mir, wenn es so ist."

Sie schien um Worte zu ringen. „Es ...es ...Quatsch. Du bist manchmal so unnahbar, *Hank*. So verschlossen. Man weiß oft nicht, woran man mit dir ist. Das verunsichert einen selber. Man fragt sich, ob das, was man tut, richtig ist. Ob es dir gefällt und gut genug ist, weißt du? Chris ist noch nicht lange genug hier, um dich wirklich zu kennen." Sie bemerkte, wie der Fokus seines Blickes sich veränderte. War er eben noch ganz makro auf ihre Augen eingestellt, wechselte er auf tele und schaute durch sie hindurch wie durch Glas. „Das ist nicht böse gemeint."

Er nickte. „Aber du kennst mich wirklich?" Er erwartete keine Erwiderung, doch die folgte unmittelbar.

„Ja, das tu´ ich. Nur deswegen bin ich hier. Wärst du ein anderer, wäre es nicht gut. Doch wie gesagt: Chris ist ..."

Jetzt lächelte er. „Sei beruhigt. Ich werde Chris bestimmt kein Leid zufügen. Versprochen.“

Er klopfte an die Werkstatttür, bevor er hineinging. Er traf die beiden Männer sich unterhaltend vor einem Holzregal mit diversen Hölzern an.

„Hallo“, machte er auf sich aufmerksam. Chris unterbrach die Unterredung und wandte sich ihm zu.

„Ach, *Hank*, wir wären gleich zu dir gekommen. Aber da du nun da bist – darf ich dir Jalil vorstellen? Jalil, das ist *Hank*, der Chef.“

Hank reichte Jalil die Hand. Ein Mann um die Mitte dreißig, schlank, etwa ein Meter achtzig groß, kurzes schwarzes Haar und Augen so schwarz wie Eierkohle. Ein Schnurrbart zierte die Oberlippe.

„Jalil, ich bin *Hank*. Willkommen.“

Der Mann lächelte etwas scheu. „Ich spreche nicht gut Deutsch. Chris hat mich gebeten, ihm zu helfen.“

„Ich erkläre ihm gerade die verschiedenen Holzarten, mit denen ich arbeite“, sagte Chris. „Tja, und ich kann Hilfe gebrauchen. Da dachte ich mir, dass ...“

Hank winkte ab. „Du musst mir nichts erklären, Chris. Du bist hier der Meister. Ich wollte nur wissen, wen wir neu in unserer Familie haben.“

„Es ist auch so“, versuchte Chris zu erklären. „Helmut kommt beim Möbel- und Warentransport an seine Grenzen. Jalil ist eine echte Verstärkung. Vielleicht sollte Helmut künftig in der Firma bleiben.“

„Nein, nein“, wiegelte *Hank* ab. „Er würde sich abgewertet fühlen. Soll er halt nur noch die leichten Sachen tragen. Aber er braucht das Gefühl, dazuzugehören, verstehst du?“

„Ja, okay, ich meine nur.“

Zu einer späteren Stunde, Jalil war inzwischen wegen eines Deutschkurses *nach Hause* gegangen, erzählte Chris, wer Jalil war. Ein Syrer auf der Flucht, seit einem halben Jahr im Container-Dorf für Flüchtlinge in *Durlangen* wohnhaft. Seine Frau und zwei Kinder saßen in der Türkei fest und warteten darauf, zu den Auserwählten zu gehören, die im Tausch gegen zurückgewiesene Flüchtlinge nach Deutschland ausgeflogen werden durften. Jalil war von Beruf Schuster und hatte in Aleppo eine eigene Schuhmacherwerkstatt besessen. Der Krieg hatte ihm alles zerbombt und zerstört.

„Wie bist du auf ihn gestoßen?“

„Ich war gestern Abend draußen im Container-Dorf. Hab´ gefragt.“

„Und dir, Chris? Geht es dir gut?“

„Diese Menschen tun mir einfach leid“, sagte er. „Ich weiß, was es bedeutet, ausgestoßen zu sein.“

„Das hab´ ich nicht gemeint.“

Er schaute verlegen zu Boden. „Zugegeben. Der Umbau hat mich ein bisschen geschlaucht. Aber das wird schon wieder. Mit Jalil wird es leichter.“

„Wenn du mal Urlaub brauchst ...“

„Danke, nein. Sehr nett. Danke.“

Heute * Erinnerungen

Man gewöhnt sich an alles. An die Dunkelheit, an das Prickeln, an die Farben. Irgendwann nimmt man es nicht mehr wahr. Ist es gewöhnlich geworden. Man vergisst, dankbar zu sein.

Es war mir überhaupt nicht bewusst gewesen, dass ich taub war. Bis heute. Als ich anfing zu hören.

Es begann, dass sich die Härchen an meinen Armen aufrichteten. Ein leises Erzittern. Es war wie frieren ohne Kälte. Dann spürte ich, wie der feine Flaum meiner Gesichtshaut gestreift wurde, wie von einem warmen Sommerwind. In sanften Wellen strich etwas über mich hinweg. Es kribbelte in den Ohren, begann zu summen, wie früher meine kleine elektrische Lokomotive, wenn ich sie auf die Gleise meiner Anlage setzte und den Stromregler einschaltete. Das Summen pflanzte sich fort, durch das Ohr mit den Flimmerhärchen, in die Mitte meines Hirns, wo Nervenzellen in Schwingungen versetzt wurden. Unter der Schädeldecke begann es zu vibrieren. Dann war ein Rauschen da. Ich kannte das, vom Radio her, wenn ich auf Sendersuche ging. Auf- und abschwellend, manchmal grässlich pfeifend, je nachdem, ob auf Kurz- oder Langwelle, rauschte es weltumspannend durch den Äther, oder es lauschte, bildete ich mir ein, in die Tiefen des Weltalls.

Auf einmal Geräusche. Nicht aus meinem Kopf, sondern von außerhalb. Extern, gewissermaßen. Geräusche, als stünde ich mit Wattepfropfen in den Ohren neben einer Metall-Stanzmaschine. Es klopfte und wummerte, gedämpft, wie Schläge auf einen Sandsack.

Dann mutierte ich zu Odysseus, denn schreckliche Töne waberten durch mich hindurch, ein schauerlicher Gesang aus Vokalen, hoch und tief, Odysseus zwischen den Sirenen Skylla und Charybdis, und es ergab keinen Sinn, ich verstand kein Wort. Aber es war neu für mich, ein neues Spielfeld in meiner Dunkelheit, und es ist mir gelungen, die Lautstärke und die Schwankungen etwas zu drosseln, beziehungsweise zu regulieren. Doch immer noch reihen sich nur Vokale an Vokale. Ich hege den Verdacht, dass ich, wie ein neugeborenes Kind, aus der Kakophonie der Töne erst eine Sprache erlernen muss.

*

Als nüchterner Mensch, dessen Welt bisher überwiegend von Zahlen bestimmt gewesen war, maß ich Emotionen, sofern sie nicht von Kursen, Werten und Aktienkurven hervorgerufen oder begleitet waren, keine besondere Bedeutung zu. Sie waren für meinen Job, und meinen Ex-Kollegen erging es genauso, eher hinderlich, ging es doch um blitzschnelle Analysen, scharfes Kalkül und eine satte Portion Kaltschnäuzigkeit. Wer zu lange grübelte, war bereits ein ausgemachter Verlierer.

Deswegen konnte ich im Nachhinein nicht erklären, welche Stimmung mich dazu verleitet hatte, meine Schritte zu der alten Ziegelei zu lenken. Das Gelände mit den zwei Backsteinhallen und dem Schornstein war mir zwar schon seit Kindheit bekannt, und schon immer hatte ich darin eine seltsame Art von Romantik gesehen, doch wäre ich gefragt worden, worauf sie sich begründete, hätte ich passen müssen. Mögen es Reportagen und Bilder vom Zerfall und Ruin amerikanischer Industrieanlagen gewesen sein oder Ansichten von stillgelegten Berg- und Stahlwerken im Ruhrgebiet aus einem Zugfenster hinaus – vielleicht war es der morbide Charme, der hinter solchen Brachen steckte, eine aus Ziegelsteinen gemauerte Traurigkeit, ich wusste es nicht.

So aber muss ich, aus Doros Krankenzimmer in der Klinik kommend, direkt hierher gegangen sein, und nun stand ich vor dem Zaun, der die Ziegelei umschloss, und starrte auf das Areal. *Such' mir einen neuen Job.*

Doro!

In den verletzten Fingern der linken Hand klopfte der Schmerz. Jeder Pulsschlag sandte eine Schockwelle durch den Arm und strapazierte meine Nervenzentrale, drängte sich in den Vordergrund. Versuche, das quälende Pochen zu ignorieren, scheiterten. Ich tröstete mich mit dem Gedanken, dass nur Zahnschmerzen schlimmer und bösartiger waren.

Mir wurde klar, dass ich für den Knochenjob am Bau nicht geschaffen war. Ich hielt mir zugute, dass ich es probiert hatte, und beschloss gleichzeitig, das Intermezzo dort zu beenden. Doch was dann? Ich hatte nur *Bank* gelernt und war für eine Alternative ein halbes Leben lang nur eingleisig gefahren. Für alles, was ich mir an Errungenschaften in meinem Beruf angeeignet hatte, gab es mittlerweile Spezialisten, sodass ich mit meinem bisschen *Können* nirgendwo konkurrenzfähig gewesen wäre. Zum Beispiel war ich ziemlich fix mit dem Computer, war deswegen aber noch lange kein IT-Fachmann. *Such' mir einen neuen Job.*

Ich brauchte selber einen neuen Job. So sah's aus.

Ich verließ das Ziegelei-Areal, bummelte zum Bahnhof, besorgte eine Tageszeitung und kehrte in meine Wohnung zurück und nahm eine Schmerztablette ein. Während ich auf die Wirkung wartete, studierte ich die Stellenanzeigen. Ein Mann mit meinen Fähigkeiten wurde nicht gesucht. Auf der vorletzten Seite prangten die Annoncen mit den Privatverkäufen und den Garagenflohmärkten. *Wegen Haushaltsauflösung zu verkaufen ...; wegen Haushaltsauflösung privater Flohmarkt ...; wegen Umzug günstig abzugeben ...*

Ich öffnete eine Dose Bier, trank sie aus und legte mich auf die Couch. Allmählich wurde das Pochen in meinen Fingern leiser. Dann schlief ich ein.

Am folgenden Morgen versuchte ich den Gedanken wieder zu erwecken, den ich im Laufe des gestrigen Abends geboren - und anschließend verpennt hatte. Vielleicht war *erwecken* das falsche Wort, vielmehr ging es darum, ihn zu Ende zu denken. Ihn zu präzisieren, ihm Leben einzuhauchen. Eine Idee, die mir im Zusammenhang mit der alten Ziegelei eingefallen und noch so nackt war, dass sie komplett eingekleidet werden musste. Sie brauchte eine Ausstattung, eine – ich kam nicht drauf, was man mit einer Idee anzustellen hatte, wie man sie formulieren und entwickeln konnte. Es war, wie einen vermeintlich dicken Fisch an der Angel zu haben und nicht zu wissen, wie man ihn an Land schaffen musste, geschweige denn, wie er aussah.

Ohne zu frühstücken machte ich mich auf den Weg in die Stadt, am Papiermühlenviertel vorbei, bog vor der ehemaligen französischen Kaserne rechts ab zur alten Ziegelei. Dort schoss ich mit dem Handy einige Fotos von den beiden Hallen und strebte dann der Klinik *Durlangen* zu. Je länger ich ging, desto irrwitziger kam mir die Idee vor, und wie ich Doro einschätzte, würde sie mit ihrer sachlichen, aber einleuchtenden Kritik nicht hinter dem Berg halten und mir mit logischen Worten erklären, dass ich eine Schnapsidee ausgebrütet hatte.

Aber sie war nicht mehr im Krankenhaus. Als ich meine Nase in das Zimmer streckte, war das Bett von einer anderen Patientin belegt. Doro hatte sich am Morgen selber und auf eigene Verantwortung aus der Klinik entlassen.

Da wolltest du den großen Wurf machen, sagte ich zu mir, *und bist schon beim ersten Anlauf gestolpert.* Ratlos fragte ich an der Station nach der Adresse der Patientin Doro aus Zimmer dreihundertachtzehn, aber aus Datenschutzgründen verweigerte man mir die Auskunft. Im örtlichen Telefonbuch, das ich zu Hause konsultierte, war sie nicht aufgeführt.

Zwei Tage später traf ich mich mit meiner Mutter im *Café Fürst*. „Deinem Vater sag' ich erst gar nicht, dass du verletzt und krankgeschrieben bist", meinte sie. „Sonst ..."

„Du kannst es ihm ruhig erzählen", sagte ich, „damit er wieder mal was zu lästern hat."

„Das ist es ja. Er lässt es an mir aus, und das kann ich mir ersparen."

„Wie du es mit ihm so lange ausgehalten hast, ist mir ein Rätsel", sagte ich weiter.

Sie nahm eine Gabel Käsesahne, steckte sie jedoch nicht in den Mund. „Er war nicht immer so. Erst seit er in Rente ist", entschuldigte sie ihn.

„Er war schon immer so", beharrte ich. „Wenigstens zu mir. Lass´ dich doch scheiden", riet ich ihr.

„Wo denkst du hin? Von was soll ich dann existieren? Vom Sozialamt vielleicht?" Jetzt war die Käsesahne fällig.

„Manchmal ist es wichtiger, seinen Stolz zu retten, als den Rest des Lebens zu vergrämen."

In diesem Augenblick betrat eine neue Kundin das Café und stellte sich an die Kuchentheke. Doro.

Ich stand auf und ging zu ihr hin. „Nimm´ die Linzer Torte. Die ist echt gut", murmelte ich in ihrem Rücken.

Sie drehte sich um. „Oh, *Hank*, hallo. Die Linzer Torte also?"

Ich nickte. „Komm´ doch zu uns an den Tisch. Meine Mutter ist mit hier."

Sie blickte an mir vorbei zu unserem Tisch. „Die Frau dort? Okay, ich bestelle und komme gleich."

„Wer ist das?", raunte Mutter, als ich wieder am Tisch saß. „Ist die von hier?"

„Das weiß ich nicht. Anzunehmen. Sie kommt gleich zu uns her."

Doro kam zu uns an den Tisch und reichte Mutter die Hand. „Hallo, Frau Schiefer. Schön, Sie kennenzulernen. Ich bin Doro.“

Mutter nahm die Hand stumm entgegen. Dafür rasten ihre Augen zwischen Doro und mir hin und her. War ihr eventuell etwas entgangen? Hatte ihr Sohn Geheimnisse vor ihr?

„Ich habe dich gesucht“, begann ich die Unterhaltung. „Du warst nicht mehr in der Klinik.“

„Klinik?“, fing Mutter dankbar auf. „Waren Sie krank?“

„Rauchvergiftung“, erklärte Doro. „Von dem Brand vor drei Tagen.“

„Ach, Sie waren das? Ich hab's in der Zeitung gelesen. Schrecklich, nicht wahr?“

„Ja, aber schlimmer ist, dass ich meine Arbeitsstelle verloren habe“, erwiderte Doro.

Ich hüstelte. „Das ist das Thema, weshalb ich dich gesucht habe.“

„Du mich gesucht? Hast du meinen Spruch eventuell ernst genommen?“

Mutter trank ihren Kaffee aus. „Wenn ihr was Privates bereden wollt, dann lass' ich euch jetzt allein.“ Sie nahm ihre Kassenbons vom Tisch und zog ihre Jacke an. „Wir telefonieren miteinander, *Hank*.“ Sie gab Doro die Hand. „Auf Wiedersehen, Doro. Hat mich gefreut.“ Nachdem sie an der Kasse bezahlt hatte, trat sie auf die Straße hinaus.

„Ja, klar, hab' ich das für bare Münze gehalten“, nahm ich den Faden wieder auf, zog mein Handy aus der Tasche und zeigte ihr die Fotos von der Ziegelei.

„Was hältst du davon?"

„Das ist die alte Ziegelei. Was soll damit sein?"

„Zwei neue Jobs", grinste ich ihr ins Gesicht. „Einer für dich, und einer für mich." Jetzt fiel mir auch plötzlich das Wort ein, auf das ich vorgestern partout nicht gekommen war. Was man für eine Idee brauchte. Man brauchte nämlich ein Konzept.

„Wir machen einen Laden auf", sagte ich. „In der alten Ziegelei. Eine Brockenstube mit gebrauchten Möbeln, einen Dauer-Flohmarkt mit allen Waren, die man aus Haushaltsauflösungen bekommen kann. Wir bieten komplette Umzüge zu günstigen Preisen an. Sowas gibt es hier in *Durlangen* nämlich noch nicht."

Sie guckte mich an, als hätte ich ihr ein unsittliches Angebot gemacht, was es in gewissem Sinne vielleicht auch war. „Du mit mir? Einen Laden?"

Ich nickte. „Einen eigenen Laden. Eine eigene Firma."

Doro musterte mich länger, als für mich gut war, denn ich wurde nervös und bekam feuchte Hände. Dann entschied sie: „Lass´ uns hinfahren und die Sache ansehen."

„Äääh, ich habe im Moment kein Auto", antwortete ich entschuldigend.

„Dann gehen wir eben zu Fuß. Aber zuerst esse ich meine Linzer Torte."

Jalil war ein angenehmer Zeitgenosse. Er redete nicht viel, doch wenn er etwas sagte, dann in bestem Deutsch und stets überlegt. Für Chris erwies er sich als wahrer Glücksgriff, denn Jalil verstand dessen Arbeitsweise sehr schnell, sodass er kaum noch Anweisungen benötigte. Seine Miene bekundete neben aufrichtigem Interesse an der Arbeit eine stille Zufriedenheit, doch im Hintergrund seiner traurigen schwarzen Augen glomm eine immerwährende Glut.

Gegen Ende des Monats stand ein Konzert in der Verkaufshalle an. Doro hatte die Plakate gedruckt, Helmut sie in der Stadt ausgehängt, und *Hank* die Presse informiert. Die *Rhenus-Fluvius-Blues-Band*, eine Formation aus deutschen und französischen Musikern.

Für einen jeden solcher Anlässe musste der Innenraum der Verkaufshalle geräumt werden, das heißt, dass die Möbel und anderen Waren an die Seitenwände unter der Galerie geschoben werden mussten. Zum einen, um für das Publikum Platz zu schaffen, zum anderen, um die Bühne weit genug ausziehen zu können.

Das *Handkerchief* hatte sich als Konzert-Lokal bereits einen Namen erworben. Unter den Künstlern sprach sich das besondere Ambiente in der Ziegelei herum. Man schätzte den Club-Charakter, die Nähe zum Publikum und die private Atmosphäre. Füllte sich die Galerie mit Zuhörern, begann nicht selten die Stimmung zu brodeln.

Doro hielt den jungen schwarzen Mann, der sich an der Bühne zu schaffen machte, zuerst für einen Roadie der Band, die am späten Nachmittag mit einem Kleinbus angereist war und ihr Equipment in die Halle schleppte. Doch als er sich so gar nicht um die Bandmitglieder zu kümmern schien und stattdessen mit Jalil Tücher über die zur Seite geräumten Möbel drapierte, kam ihr das merkwürdig vor. Sie suchte Chris in dessen Werkstatt auf. Er passte ein Scharnier in eine Möbeltür ein.

„Hallo Chris, entschuldige, wenn ich zuerst dich frage, aber drüben in der Verkaufshalle springt ein junger Mann, den ich nicht kenne, neben Jalil herum. Hast du eine Ahnung, wer das ist?"

Chris drehte sich weg, fummelte in einer Kiste herum, als würde er etwas suchen.

Aha, dachte Doro, *da hat einer ein schlechtes Gewissen.* „Chris?"

„Er heißt Antony", murmelte Chris in seinen Bart.

Doro balancierte um die Möbeltür herum, damit sie Chris ins Gesicht schauen konnte. Doch der wandte sich wieder ab. „Herrgott, Chris, jetzt bleib halt mal stehen. Was hat es mit Antony auf sich? Ist er eventuell ebenfalls ..."

„Auch ein Flüchtling, ja. Jalil hat ihn heute Morgen mitgebracht."

Doro vernahm die Nachricht und blieb zunächst stumm. *Tatsachen sind Tatsachen*, dachte sie, *und es ist, wie es ist.* Sie machte auf dem Absatz kehrt und ging ein paar Schritte Richtung Tür. Dann drehte sie jedoch wieder um und ging zurück. „Und warum sagst du uns nicht gleich Bescheid? Wir müssen offen miteinander umgehen, Chris. Wenn jeder sein eigenes Süppchen kocht, schürt das nur Misstrauen. Weiß *Hank* davon?"

Chris schüttelte den Kopf. „Ich konnte nicht *nein* sagen. Er hat mir leid getan."

„Woher kommt er? Antony?"

„Südsudan."

Er war ein langer Schlacks, bekleidet mit einer zu kurzen Jeans und einer zwei Nummern zu kleiner Jacke. Obwohl Februar, trug er lediglich ein dünnes T-Shirt darunter. So drückte er sich im *Affenkasten* neben der Eingangstür gegen die Wand, äußerlich scheinbar vollkommen relaxed, innerlich bestimmt in Aufruhr.

Alle Mitarbeiter des *Handkerchief* waren anwesend. Chris, Helmut, Doro und *Hank*, sowie Jalil und eben der zweiundzwanzigjährige Antony. Außer Jalil und Antony alle noch etwas müde von der langen Nacht. Die *Rhenus-Fluvius-Blues-Band* hatte bis elf Uhr gestern Abend gespielt, und bis alle dreihundertfünfzig Zuhörer den Heimweg angetreten hatten, vergingen noch einmal ungefähr anderthalb Stunden. Die besten Stunden, musste man sagen, denn etliche Zuhörer mischten sich unter die Band und unterhielten sich oder diskutierten mit den Musikern, spendierten ein Bier oder mitgebrachte Knabbereien. Familiär eben und genau das, wofür das *Handkerchief* so beliebt war. Bis danach die Band selber den Bus bestiegen hatte, verging eine weitere Stunde.

Jetzt am Morgen war die Verkaufshalle ausgefegt, die Galerie aufgeräumt, die Bühne eingeschoben. Nur die Möbel standen noch abgedeckt an den Seitenwänden.

Der ursprüngliche Zustand sollte nach der Besprechung wieder hergestellt werden.

Hank lehnte in seinem Stuhl, eine dampfende Kaffeetasse in der Hand. Er hatte beschlossen, vorerst zu schweigen und den anderen das Wort zu überlassen.

Chris sagte: „Wenn er Interesse hat, nehme ich ihn gern unter meine Fittiche. Arbeit ist genug da, und ich kann mir sogar vorstellen, eigene Möbel zu bauen."

„Eigene Möbel? Dann brauchst du geeignetes Holz, und wie willst du das beschaffen?", fragte Doro.

„Ich hab´ ein wenig Geld gespart, und mit den beiden Jungs fahre ich zum Fachhandel. Das ist kein Problem."

Aller Augen richteten sich auf Antony, der sich weiterhin sehr gelassen gab.

„Wäre das eine Option für dich, Antony? Mit Chris und Jalil in der Möbelwerkstatt zu arbeiten?", fragte Doro.

Antony wiegte den Oberkörper hin und her. „Wenn ich in Deutschland bleiben und Geld verdienen kann?"

Ob das nun als Frage oder Antwort gedacht war – jedenfalls war es kompliziert genug, um eine Weile für Schweigen zu sorgen. Die Sache mit dem Geldverdienen ließe sich ja intern regeln. Keiner war so blauäugig zu denken, Jalil und Antony ohne Entlohnung arbeiten zu lassen. Die Höhe würde noch zu bestimmen sein. Jedoch auf das Bleiberecht in Deutschland hatten sie keinen Einfluss und konnten dazu auch keine Versprechen abgeben.

„Habt ihr einen Asylantrag gestellt? Jalil? Antony?" Doro blickte sie nacheinander an.

Beide bestätigten die Frage mit ja. „Wir müssen auf den Bescheid warten", sagte Jalil.

Das alte Lied, dachte *Hank*. In der Folge hörte er zwar, dass Doro einige prinzipielle Worte an die Flüchtlinge richtete, war aber mit eigenen schwerwiegenden Gedanken beschäftigt. Denn allein mit der Zusage, dass sie im *Handkerchief* arbeiten könnten, war es nicht getan. Er würde sich mit Begriffen wie Mindestlohn und Sozialversicherung befassen müssen, was für ihn einen erheblichen bürokratischen Aufwand bedeuten würde.

Nebenher quälte er sich seit einigen Tagen mit einem ähnlichen, und wie er heute feststellen musste, vielleicht sogar verwandten Thema herum, das ihm schwer im Magen lag. Da er es aber noch nicht für zu Ende gedacht hielt, behielt er es vorerst für sich. Über kurz oder lang freilich würde er um ein Grundsatzgespräch mit Doro und Chris nicht herumkommen, soviel war ihm klar. Denn die Zeiten änderten sich und der Nutzungsvertrag mit der Stadt *Durlangen* neigte sich dem Ende zu.

„Hast du gehört, *Hank*?", fragte Doro, die seinem geistesabwesenden Gesichtsausdruck entnahm, dass dem nicht so war.

„Nein, sorry, Doro, ich war ...was gibt's?"

„Ich habe Jalil und Antony erklärt, dass wir sie einstellen und den Mindestlohn bezahlen, ihnen aber auch gesagt, was wir von ihnen erwarten: Pünktlichkeit; Ehrlichkeit; Freundlichkeit, wenn sie Kundenkontakt haben; et cetera pp."

Hank beugte sich nach vorne. „Gut gemacht, Doro. Die Würfel sind gefallen."

„Wie meinst du das jetzt?", horchte sie auf.

Er erhob sich und streckte die Glieder. „Später, Doro. Nicht heute."

„Dann", sagte Doro und erhob sich, „wollen wir Antony mal mit passenden Klamotten versorgen. So kann er ja nicht rumlaufen. Kommst du, Antony?"

Heute * Erinnerungen

Ich weiß wirklich nicht, ob ich noch lebe. Denn ich brauche nicht zu essen, weil ich keinen Hunger habe; ich trinke nicht, muss nicht auf die Toilette, denn ich verspüre kein Bedürfnis. Das ist doch nicht normal, oder?

Wo sind all die Körperfunktionen geblieben? Ich spüre zum Beispiel auch nicht, dass ich atme. Okay, das ging früher alles automatisch, musste nicht überlegen, wann und wie ich ein- oder auszuatmen soll. Automatisch. Bin ich eventuell ein Automat?

Nein, das darf jetzt aber nicht wahr sein, oder? Werde ich durch einen Automaten am Leben erhalten? Herz-Lungen-Maschine? Steht es so schlimm um mich?

Das wollte ich nicht. Ich wollte nie ein Automatenleben führen.

Habe ich das nicht aufgeschrieben? Verfügt? Automat abstellen? Weil ich das nicht will? Oder habe ich das vergessen? Leichtsinnig vergessen? Leichtfertig? Nicht wichtig genommen? Verschlampert?

Jetzt ist es zu spät. Warum habe ich bloß niemanden eingeweiht? Aber wen?

*

Wir gingen Seite an Seite zur Ziegelei hinaus. Was mir vorhin im *Café Fürst* nicht aufgefallen, stach mir hier an der frischen Luft in die Nase. Doros Kleider stanken nach Rauch. Aber ich wollte sie nicht durch eine unbedachte Äußerung verletzen, und zudem kamen wir gerade am Ziegeleigelände an.

„Groß genug wär's ja", sagte sie nach einem Rundblick und führte eine raumgreifende Armbewegung aus. „Aber es ist auch eine ziemliche Ruine, findest du nicht?"

„Was vielleicht ein Vorteil ist, wenn wir uns darum bemühen wollen", antwortete ich.

„Einen Schlüssel für das Zauntor hast du nicht zufällig?"

Ich verneinte.

„Komm, lass' uns zurückgehen", sagte sie.

Wir kehrten um und strebten wieder dem *Café Fürst* zu. Wir bestellten jeder eine Tasse Kaffee und setzten uns an den gleichen Tisch wie vorhin.

„Wo wohnst du eigentlich?", fragte ich.

„Ich hatte eine Wohnung über dem *Loud 'n' Proud*. Das war für mich sehr praktisch, wie du dir denken kannst. Aber seit dem Brand ist sie unbewohnbar.

Rauch. Muss erst renoviert werden. Ich bin vorübergehend bei meinem Vater eingezogen."

Womit das Rätsel um den Kleidergestank erklärt war.

„*Hank*, ich überlege mir das mit der Ziegelei. Man muss bestimmt viel Geld investieren, um darin eine Brockenstube eröffnen zu können. Und mit viel Geld hapert es bei mir."

Ich beobachtete Leute, die am Schaufenster vorbeispazierten. „Du kannst jederzeit aufspringen oder einsteigen. Vorausgesetzt ich bekomme überhaupt eine Genehmigung dafür."

„Warum ich? Gibt es niemand anderen, den du deswegen ansprechen könntest?"

Gute Frage, dachte ich. Irgendwie hatte ich, sobald mir das Projekt in den Sinn kam, es immer nur mit Doro verwirklicht gesehen. Es existierte für mich sozusagen nur mit ihr. Warum? Sie passte einfach hinein. Ich dichtete ihr die Fähigkeit an, den Laden schmeißen zu können. Sie ließ sich nicht einschüchtern, auch von harten Bikern im *Loud 'n' Proud* schon nicht. Sie war souverän, hatte ein Gespür für Leute und für Situationen. Ich sagte ihr das so.

„Wie du mich siehst?", lächelte sie.

„Schlimm?"

„Siehst du mich auch als Frau?" Leicht wie eine Feder gestellt, plumpste die Frage schwer wie ein Amboss in meinen Magen. Ich schluckte angestrengt. Aber dann lachte sie, und neutralisierte damit das Gewicht.

„Entschuldigung, *Hank*, Entschuldigung. War nur so ein Verdacht."

Ich schwitzte. „Gib´ mir deine Telefonnummer“, sagte ich. „Ich ruf´ dich an, sobald ich mehr weiß, okay?“

„Ja“, lächelte sie immer noch. „Aber wie gesagt: Ich überleg´s mir.“

Noch am gleichen Tag wurde ich in Sachen Ziegelei auf dem Rathaus vorstellig und erkundigte mich nach Möglichkeiten der Nutzung. Ich hatte Glück, dass gerade Bürgersprechstunde war, und wurde zu Bürgermeister Pfeifer ins Büro gebeten, wo ich meine Pläne in groben Zügen erläuterte. Ich begründete das Vorhaben und sprach von Belebung der Randzone; von den Chancen für die Bevölkerung, alten Hausrat nicht mehr kostenpflichtig auf der Sperrmüll-Deponie entsorgen zu müssen, sondern dafür sogar Geld zu erhalten; pries meine günstigen Kosten für Umzüge an; erwähnte auch meine Pläne bezüglich Konzerte und Kultur; hob die Erhaltung und Instandsetzung der Gebäude hervor, indem ich sie vor dem endgültigen Zerfall bewahren würde.

Selbstverständlich kann ein Bürgermeister Entscheidungen solcher Größenordnung nicht alleine treffen. Er lud mich deshalb zur nächsten Gemeinderatssitzung in vierzehn Tagen ein, wo ich meine Ausführungen wiederholen und vielleicht durch Bildmaterial unterstützen sollte. Er wies zu diesem Zweck den Leiter des Bauamtes an, Herrn Habicht, mit mir aktuell zur Ziegelei zu fahren und eine Objektbesichtigung vorzunehmen.

Zugegeben, der erste Eindruck war wenig geeignet, in Euphorie auszubrechen. Das Außengelände war verwildert. Gras und Unkraut wuchsen zwischen den Betonsteinplatten des Vorhofes hervor. Am Zaun, der das Areal umschloss, wucherten Brombeerhecken und anderes Gehölz. In der ehemaligen Produktionshalle standen zwei riesige Brennöfen aus Eisen, sowie diverse elektromechanische Geräte, von deren Funktion ich keinerlei Ahnung hatte. Alles im Laufe der Zeit natürlich mit einer dicken Dreckschicht behaftet. In ungefähr drei Metern Höhe klebte an der hinteren Stirnwand wie ein Schwalbennest ein verglaster Kubus, der vielleicht mal ein Büro gewesen war, und zu dem man über eine Eisentreppe Zugang hatte. Herr Habicht hatte ein ausziehbares Maßband mitgenommen. Die Halle war dreiundsechzig Meter lang und sechsundzwanzig Meter breit. Die Höhe unter dem Dachfirst schätzte ich auf sechzehn Meter.

In der benachbarten Halle lagerten noch einige Paletten mit fertigen Ziegeln, die nie jemand abgeholt hatte. Hier lagen, in den Boden einbetoniert, Eisenbahnschienen. Wir ersparten uns das Ausmessen. Die Innenfläche glich im Großen und Ganzen den Abmessungen aus der Produktionshalle.

Abschließend fotografierten sowohl Herr Habicht als auch ich die Szenerie von außen wie von innen. Ich vergewisserte mich noch einmal. „Die Stadt ist also Eigentümerin der Ziegelei?"

Herr Habicht bestätigte das mit einem spöttisch gefärbten Lächeln. Traute er mir mein Vorhaben eventuell nicht zu? Oder befand ich mich damit schlichtweg auf dem Holzweg, indem jeder mit klarem Verstand die Unmöglichkeit der Verwirklichung sofort erkannte, bloß ich nicht? Waren meine ganzen Überlegungen so weltfremd, dass man sie belächeln musste?

„Soll ich Sie wieder mit zurücknehmen“, fragte Herr Habicht und öffnete sein Dienstfahrzeug.

Ich lehnte ab. Ich wollte mit meinen Gedanken allein sein, musste mich hinterfragen, ob ich diese Sache wirklich wollte. Ob ich die Kraft dafür aufbringen konnte. Nicht nur körperlich, sondern auch emotional. Ich musste mir die Anstrengungen ausmalen. Die Schufterei. Musste mir die zu erbringende Geduld vor Augen halten. Die Widrigkeiten bedenken. Auch die Zeit in Erwägung ziehen, in der ich nichts verdienen würde. Und ich musste, falls ich mich definitiv dazu entschloss, Schritt für Schritt vorgehen.

Während ich von der Ziegelei in die Stadt zurückschlenderte, stellte ich fest, dass es bisher ja gar nicht so schlecht angelaufen war. Mir gefiel die Idee; Doro hatte nicht *nein* gesagt; der Bürgermeister hatte die Gemeinderatssitzung in Aussicht gestellt; ich war zum ersten Mal auf dem Gelände und in den Hallen; was ich brauchte, war etwas Mut.

Das läuft doch gar nicht so übel, dachte ich, und als ich daheim in den Spiegel schaute, sagte ich: „Trau dich. Trau dich was, *Handkerchief*.“

März 2016

Nassima wusste nicht, ob es eine gute Idee gewesen war, den beiden Männern vom Container-Dorf aus zu folgen. Sie kannte sich in der Stadt nicht aus, sie war ihr fremd, und die beiden großen Backsteingebäude, zwischen denen sie nun verloren stand, wirkten nicht sehr einladend. Die Männer waren in eines der Gebäude hineingegangen, und sonst war weiter niemand zu sehen.

Jalil, so hieß der Ältere, hatte sich mit dem jüngeren, dunkelhäutigen Mann, einem langen mageren Kerl, beim Frühstück unterhalten. Gebrochenes Englisch, das auch Nassima verstand, und zufällig hatte sie mitgehört, um was es ging. Arbeit. Am Rande der Stadt. Dann hatte sie aufgepasst und beobachtet, wie sie das Lager täglich um die gleiche Zeit verließen.

Wie die meisten Leute im Container-Dorf war auch sie ein Kriegsflüchtling. Allerdings hatte sie keine Familie mehr. Ihre Familie, Mann und zwei Kinder, war in Syrien bei einem Bombardement umgekommen, während sie auf der Suche nach Wasser und etwas Essbarem in einem anderen Stadtteil von *Homs* gewesen war. Fassbombe.

Das Leben im Container-Dorf war sehr anstrengend. Besonders für eine alleinstehende Frau, wie sie eine war. Dem einen martialischen Krieg in Syrien äußerlich zwar unversehrt entronnen, sah sie sich hier mit einer ganz anderen Form von Gewalt konfrontiert: Völliger Verlust der Intimsphäre; schier unannehmbare hygienische Zustände; zermürbende Kämpfe um Plätze und persönliche Bedürfnisse; dazu Lüsternheiten, Begehren und Aufdringlichkeiten gelangweilter Männer. Nassima fühlte sich so ausgesetzt und schutzlos.

In ihren schwärzesten Stunden fragte sie sich, was sie bewogen hatte, die Strapaze des langen Fluchtwegs auf sich zu nehmen, wo sie doch in ihrer Heimat Syrien alles verloren hatte? Warum sie nicht dort geblieben war? Denn schlimmer hätte es sie dort nicht mehr treffen können. Dagegen kämpfte sie nun in diesem ihr fremden Land dagegen an, ihre Würde und Ehre zu verlieren. Es war so erschöpfend und erniedrigend.

Ihr Antrieb, Jalil und dem Afrikaner heimlich zu folgen, entsprang dem Wunsch, sich der latent gefährlichen Eintönigkeit des Container-Dorfs zu entziehen. Aber welche Art Arbeit hier auf sie warten könnte – davon hatte sie keine Vorstellung. Sollte sie wieder gehen?

Die Entscheidung wurde ihr abgenommen.

Sie hörte ein Geräusch. Das Tor der Verkaufshalle schwenkte nach außen. Neun Uhr morgens. Eine Frau mit dunkelblonden langen, wild hochgesteckten Haaren trat heraus, entdeckte sie, blieb überrascht stehen. Nassima zuckte zusammen, als sie angesprochen wurde.

„Guten Morgen, kann ich Ihnen irgendwie helfen?“ Die Stimme klang nicht unfreundlich.

Die Frau überquerte rasch den Platz und schob ein schweres Rolltor zur Seite. Aus dem Innern des Gebäudes drangen gedämpfte Maschinengeräusche. Sie verschwand für ein paar Sekunden hinter dem Tor, kam aber sogleich wieder zurück.

„Entschuldigen Sie, dass ich Sie habe stehen lassen. Ich musste nur nachsehen, ob unsere Arbeiter schon da sind. Ich heiße übrigens Doro.“ Die Frau, die sich Doro nannte, reichte ihr die Hand.

„Nassima“, sagte sie. „Die Arbeiter sind da. Ich habe sie gesehen hineingehen.“

„Ach, Sie kennen sie?“

„Ja“, antwortete Nassima, „aus dem Container-Dorf. Ich habe gehört von der Arbeit und wollte sehen.“

Doro berührte sie am Oberarm. „Wissen Sie was? Kommen Sie doch bitte mit in meine Wohnung. Ich mach´ uns einen Kaffee, dann können wir reden. Oder einen Tee, wenn Sie lieber Tee wollen. Kommen Sie.“

Nassima folgte Doro in die Verkaufshalle, durch sie hindurch zu einer kleinen Wohnung, die sich am hinteren rechten Ende der Halle unter dem *Affenkasten* befand.

Doro fühlte sich in den knapp sechzig Quadratmetern ihrer Wohnung wohl. Mehr als ein Wohn- und ein Schlafzimmer brauchte sie nicht. Die kleine Küchenzeile, die ins Wohnzimmer integriert war, reichte ihr vollkommen. *Hank* hatte die Wohnung im gleichen Muster wie seine eigene, nur spiegelbildlich, angelegt.

Sie bat Nassima am Tisch Platz zu nehmen. „Kaffee oder Tee?“

Nassima entschied sich schüchtern für Tee, und bald stand eine Tasse vor ihr. Doro setzte sich mit einer Tasse Kaffee zu ihr.

„Nassima, wie kann ich Ihnen helfen?“

Nassima saß angespannt auf der äußersten Kante des Stuhls, als wollte sie jeden Moment aufspringen.

„Ich weiß nicht. Plötzlich weiß ich nicht mehr", sagte sie verunsichert. „Vielleicht sollte ich besser wieder gehen." Sie schaute zur Tür, die zur Halle hinausführte.

„Trinken Sie doch erst mal. Möchten Sie Zucker?"

„Ja, Zucker wäre gut. Danke."

Geschwind hatte Doro Zucker auf den Tisch gestellt.

„Erzählen Sie, Nassima. Wir haben Zeit."

Nassima gab reichlich Zucker in den Tee und rührte bedächtig um. Dann zupfte sie nervös an ihrem Kopftuch, unter dem dunkelbraune Haare zum Vorschein kamen. Sie war eine schöne Frau mit gerader Nase und geschwungenen Lippen. Nur die Augen waren erfüllt von einer großen Leere.

Langsam begann sie, von ihrem Leben im syrischen *Homs* zu berichten. Von der Familie und dem Krieg und dem Verlust ihrer Familie, ihres Lebensinhalts. Dann berichtete sie von ihrer Flucht über die Türkei, über das Meer nach Griechenland, über den langen Fußmarsch nach Deutschland.

„Jetzt lerne ich Deutsch, damit ich hierbleiben kann. Ich will nicht wieder zurück nach Syrien. Ich habe dort kein Leben mehr."

Doro hatte sie ausreden lassen und füllte Nassimas Tasse wieder mit Tee. „Sie wollen arbeiten?"

Bei dieser Frage war es das erste Mal, dass Nassima aufsah und in Doros Augen blickte. Sie bestätigte die Frage mit sanftem Nicken. „Ich kann kochen, putzen, waschen, bügeln, Teppiche reparieren, alles, was Sie mir sagen."

Doro lächelte. „Prima, Nassima, das trifft sich gut. Wir suchen nämlich genau so eine Hilfe. Wie alt sind Sie, wenn ich das wissen darf?"

„Ich bin sechsunddreißig Jahre."

Es klopfte an ihrer Tür. *Hank* streckte den Kopf herein. „Doro? Bist du da?"

„Komm rein, *Hank*", rief sie. „Ich will dir jemand vorstellen."

Hank kam hereingestapft. „Vorstellen? Wen?"

„Das ist Nassima. Nassima, das ist *Hank*, einer unserer Chefs. Nassima wird bei uns arbeiten. Sie wird mir bei den Textilien helfen. Und sie kann sehr gut kochen."

Hank reichte ihr die Hand. „Willkommen bei uns, äääh ...Nassima. Richtig so? Nassima." Und an Doro gewandt: „Du hast das Einstellungsgespräch schon geführt, nehme ich an?"

Doro fasste ihn ins Auge. „Ja, das hab´ ich."

„Dann ist gut", sagte er. „Jetzt hab´ ich ganz vergessen, weshalb ich dich gesucht habe. Ach so, jetzt weiß ich´s wieder. Nach Feierabend setzen wir uns zusammen. Wir müssen uns über dieses und jenes unterhalten, unter anderem über die Zukunft."

Als er gegangen war, fragte Nassima: „Guter Mann?"

Da lachte Doro und sagte: „Ja, guter Mann."

Heute * **Erinnerungen**

Gib mir ein Zeichen. Wer immer du bist, so gib mir ein Zeichen. Ein Signal, das ich empfangen kann.

Ich weiß, ich sollte nicht hadern. Ich sollte mich nicht beschweren. Aber heute ist das Verlangen, Klarheit zu bekommen, größer als sonst. Warum, zum Beispiel, bin ich überhaupt hier? Wie bin ich hierhergekommen? Wo bin ich eigentlich? Was ist geschehen? Was war vorher?

Ich befinde mich in einem Labyrinth, bewege mich im Kreis. Ich bin verzweifelt, gerate in Panik. Ich weiß, dass ich in Panik stets anfange zu hyperventilieren. Ich finde den Ausgang, den Ausweg aus dem Labyrinth nicht. Panik wächst. Ich strample, schlage mit den Armen um mich – dann schreie ich. Ich löse die Verkrampfung mit einem lauten Schrei.

Ich bin schweißgebadet und erschöpft. Warum hilft mir denn keiner?

Plötzlich ein unbekanntes Gefühl. Habe ich eine Hand? Gib mir ein Zeichen. Habe ich eine Hand?

Ich spüre Wärme. Endlich eine echte Wärme. Keine Einbildung. Ehrliche Wärme. Ist es meine Hand?

Jetzt wieder das Gefühl an meiner Hand. Ein Druck. Wärme und Druck. Ist es das Zeichen?

Ich überschwemme meine Augen mit Wasser.

*

Meine erste Anfrage wegen Nutzung der alten Ziegelei wurde vom Gemeinderat negativ beantwortet, das heißt, die Mehrheit der Mitglieder stimmte bei der Sitzung dagegen. Der Lichtstreif am Horizont: Der Bürgermeister und der Bauamtsleiter waren dafür.

Die Pläne waren zu unausgegoren, hieß es. Nicht genügend Kapital. Keine Sicherheiten. Schließlich handelte es sich bei dem Objekt um das Tafelsilber der Stadt, wie einer der Räte es nannte. Nächste Gelegenheit für eine Wiedervorlage: In einem Jahr.

Ein Schock für mich, denn für meine Ambitionen bedeutete es ein verlorenes Jahr. Ich fluchte auf die Scheißbürokraten.

Ich hatte Doro Fotos von der Ziegelei zugesandt und sie gefragt, ob sie mit mir gemeinsam die Präsentation vornehmen würde, doch sie hatte keine Zeit. Helmut, ihr Vater, trat just an jenem Tag eine Kur an, und da sowohl er wie auch sie kein Auto besaßen, musste sie ihn per Eisenbahn zum Kurort begleiten. *Bad Ems*, wie sie erklärte.

„Was sagst du zu den Fotos? Helfen sie dir bei deinen Überlegungen?"

„*Hank*, lass' mir Zeit. Ich habe jetzt nicht gerade den Kopf dafür, über meine Zukunft zu entscheiden."

Das musste ich akzeptieren und sogar ich verstand, dass man einen derartigen Entschluss nicht leichtfertig übers Knie brechen durfte. Was für mich aber auch bedeutete, dass, wenn Doro bei dem Projekt mitmachen würde, sie es mit ganzem Herzen tun würde.

Nun, Zeit war für mich jetzt nicht die Hürde, von der ich zu wenig hatte.

Es blieb mir nichts anderes übrig, als mir eine Arbeit zu suchen, denn ich wollte meine geschrumpften Rücklagen nicht noch weiter strapazieren, hatte ich sie doch für mein Projekt vorgesehen. Ich ergatterte einen Job bei einem Baumarkt. Regale auffüllen, Pflanzen gießen, Waren auszeichnen. Tätigkeiten, für die ich achthundertneunzig Euro im Monat überwiesen bekam. *Für was*, fragte ich mich, *hatte ich eigentlich Abitur gemacht?*

Auch Doro musste umdisponieren, sofern sie sich auf mein Angebot konzentriert, beziehungsweise verlassen hatte. Das *Loud 'n' Proud* öffnete fünf Monate nach dem Brandanschlag wieder seine Pforten, und Doro heuerte für ihre alte Stelle hinter der Theke an. Da ich nach Feierabend im Baumarkt nun öfter einige Stunden auf dem gewohnten Hocker an der Theke zubrachte, bekam ich mit, dass das *Loud 'n' Proud* mehr oder weniger das Club-Lokal der *Loud 'n' Proud*-Biker war.

Eines Abends, ich saß wie üblich auf dem Barhocker in der Nähe der Zapfsäule, donnerte mir ein Schlag auf die Schulter, dass ich mein Bierglas umstieß und es ins Spülbecken fiel. Links und rechts von mir bauten sich zwei Muskelberge in Lederjacken auf. Schneeweiß gefärbte Stoppelhaare der eine. Der andere glich, lange Mähne und zottiger Vollbart, der moosbewachsenen Wetterseite einer Eiche. Beide glotzten mich gefährlich grinsend an. „Na, *Handkerchief*, was schmachtest du so? Schleimst du dich eventuell an unsere *First Lady* ran?"

Doro kam im gleichen Augenblick mit einem Tablett leerer Biergläser hinter die Theke zurück. „Flocke, Bonifaz, lasst ihn in Ruhe!", rief sie.

„Belästigt er dich?", fragte die Eiche.

„Nein, er ist ein Freund", erwiderte sie und klaubte das Bierglas aus dem Spülwasser.

„Was? Dieses halbe Hemd?"

Doro lächelte lässig. „Passt auf. *Hank* hat mich besucht, als ich im Krankenhaus lag. Von euch beiden kann ich das nicht behaupten. Also zischt ab. Sein Bier schreib´ ich euch auf den Bierdeckel, damit das klar ist."

„Oh", sagte Flocke, „wenn das so ist", streichelte lieb meine Schulter und verdrückte sich mit seinem Kumpan zu den Spieltischen.

Doro konnte sich ein derartiges Auftreten erlauben. Sie war niemandes persönlicher Engel, war niemandem verpflichtet und keinem etwas schuldig. Sie genoss bei den Bikern jenen Respekt, der bei ihnen einen so hohen Stellenwert hatte.

Der Inhaber war selber ein passionierter Motorradfahrer. So hatte er angeordnet, dass neuerdings ein ständiger Türsteher die Besucher des Lokals in Augenschein nahm, um unwillkommene Leute bereits im Vorfeld auszusortieren. Ich hatte nie Schwierigkeiten, eingelassen zu werden. Vielleicht durch Doros Protektion.

Fast auf den Tag genau ein Jahr später fand für mich die nächste Gemeinderatssitzung statt, und wieder stand mein Anliegen auf der Traktandenliste. *Ach, nicht schon wieder dieser unnötige Scheiß*, hörte ich den einen oder anderen Misslaut aus dem Gremium.

Diesmal wurde ich von Doro begleitet. Als das Thema aufgerufen wurde, bat sie sogleich ums Wort.

„Meine Herren", stand sie auf und begann, „ich war zu der vorhergehenden Sitzung leider verhindert, weswegen ich heute Stellung zu unserem Projekt beziehe. Wir haben unsere Vorstellung im Detail vielleicht nicht präzise genug dargelegt, was zu irreführenden Annahme verleitet hat, dass wir Interesse am Erwerb der Ziegelei hätten. Das ist absolut nicht der Fall. Wir wollen die alte Ziegelei lediglich für unsere Zwecke nutzen. Wie lange schon steht die Ziegelei ungenutzt herum? Zwanzig Jahre? Dreißig Jahre? In all der Zeit hat sich niemand für die Gebäude und das Areal interessiert. Die Bausubstanz wird durch noch längeres Brachliegen nicht besser, sondern im Gegenteil. Schon jetzt befindet sich die Anlage in einem jämmerlichen Zustand. Mit Verlaub, Tafelsilber behandelt man anders.

Wir wollen die alten Hallen wieder mit Leben füllen. Leute werden wieder durch die Hallen wandeln. Wir werden eine Bühne für Kleinkunst und für Konzerte einplanen. Wir werden preisgünstige Waren, von Möbeln bis zu Haushaltsartikeln bereitstellen, die sich auch minderbemittelte Menschen leisten können. Somit bedienen wir, ähnlich den sogenannten *Tafeln*, einen nicht zu unterschätzenden sozialen Aspekt. Zugegeben, wir verfügen nicht über unbegrenzte Mittel. Aber wir sind bereit, uns um die Erhaltung der bauhistorischen Substanz zu bemühen, sodass sie auch in Zukunft zum Stadtbild *Durlangens* gehört.

Auf was ich jetzt zu sprechen komme, und es ist mir durchaus bewusst, dass ich damit Gefahr laufe, vor Ihnen unser Projekt gegen die Wand zu fahren, betrifft die Leistungen. Die Ziegelei bleibt nach wie vor Eigentum der Stadt. Wäre es da nicht recht und, in Klammer *billig*, dass sich die Stadt aus Interesse am Erhalt der Gebäude an den Instandsetzungskosten beteiligt, anstatt sie weiter dem Ruin zu überlassen? Die Betonung liegt auf dem Wort *beteiligt*. Sollten wir, also mein Partner und ich, mit unserem Modell scheitern, dann hätten Sie immer noch Ihre Ziegelei, und zwar in besserem Zustand als heute. Danke." Doro setzte sich.

Ich glaube, ich glotzte sie mit offenem Mund an. Auf ihrer Stirn perlte der Schweiß, und ihr Gesicht war leicht gerötet. Sie atmete aus, als hätte sie eine Rüttelmaschine im Zwerchfell implantiert. Sie schaute mich nicht direkt an, sondern schielte nur zu mir her, der ich neben ihr saß.

Aus der Runde der Gemeinderäte schallte ein Gemurmel zu uns her. Das Wort *Frechheit* war zu vernehmen, auch *Unverschämtheit* war darunter.

Durfte ich bei meiner ersten Präsentation die Beratung der Räte noch mitverfolgen, wurden wir diesmal aus dem Sitzungssaal gebeten, um die Räte, durch die Bank Männer, in ihrer Entscheidungsfindung nicht zu stören. Ich hoffte darauf, dass der Auftritt der schönen Doro die Schlipsträger positiv beeindruckt hatte, nach dem Motto: Manner können besser gucken als denken.

„Ich glaub´, ich hab´s verbockt. Ich glaub´, ich bin zu weit gegangen“, schnaufte sie tief durch, als wir vor dem Sitzungssaal auf einer Bank saßen.

„Du warst frech“, tröstete ich sie, „aber du warst phänomenal. Eine Naturgewalt.“

Sie blies eine Haarsträhne aus dem Gesicht. „Du wirst mich hassen, dass ich deinen Traum vergeigt habe.“

„Ich habe nur so viel kapiert, dass du auf meiner Seite bist. Dass wir es gemeinsam machen. Du hast von *wir* und von *uns* und von Partnerschaft gesprochen.“

„Welcher Teufel mich reitet, weiß ich auch nicht. Aber ich finde die Idee gut. Machen wir es.“

„Wir werden nicht gleich ab heute Einnahmen haben“, sagte ich. „Vielleicht müssen wir eine Durststrecke überstehen. Ich werde dich unterstützen, bis wir im Geschäft sind.“

„Ein bisschen was habe ich ja auch, und momentan hause ich bei meinem Vater. Warten wir aber erst ab, wie die alten Knacker darüber denken.“

Die Tür zum Sitzungssaal öffnete sich, und wir wurden wieder hineingebeten. Doro fasste meine Hand, und ich ließ es zu.

Der Bürgermeister ergriff das Wort: „Wir haben Ihren Antrag heute in zweiter Lesung beraten und sind zu folgendem Ergebnis bekommen. Für das Projekt stimmten zehn, dagegen acht Gemeinderäte. Zwei Enthaltungen. Sie erhalten von der Gemeinde einen befristeten Nutzungsvertrag ...“

Doro und ich stießen gleichzeitig einen Jubelschrei aus, und dann flogen wir uns förmlich in die Arme.

Helmut

Wenn ich sie anschaue, sehe ich ihre Mutter vor mir. Die Ähnlichkeit ist frappierend. Der Stich ins Herz schmerzt nicht mehr so wie früher, denn ich habe gelernt damit zu leben. Leben ohne meine Frau, dafür mit Doro.

Sie hat die gleichen Haare, die gleichen Gesichtszüge und die gleichen Bewegungen und charakteristischen Gesten wie Astrid. Wenn sie gut aufgelegt ist, blitzen ihre Augen, genau wie bei ihrer Mutter.

Astrid starb mit achtunddreißig Jahren, im gleichen Jahr, in dem Doro ihren Realschulabschluss machte. Brustkrebs. Zuerst Bestrahlungen und Chemotherapie, dann Brustamputation. Drei Jahre Bangen und Hoffen.

Doro wollte weg. Wollte leben. Ich hatte kein Recht, sie aufzuhalten. Kein Recht, von ihr die gleiche Trauer zu erwarten, wie ich sie empfand. Was nicht bedeutete, dass sie nicht trauerte. Sie trauerte eben anders. Während ich verstummte, wurde sie laut. Sie dröhnte sich zu mit ohrenbetäubender Musik. Tagelang. Nächtelang. Schrie sich dabei die Seele aus dem Leib. Die Nachbarn beschwerten sich wegen Ruhestörung, riefen die Polizei, mehrmals, aber ich ließ Doro gewähren. Es war ihre Art, sich von Mama zu verabschieden.

Eines Tages sagte sie ganz ruhig, dass sie nach London fahren würde. Ich nickte und ließ sie gehen. Da war sie achtzehn.

Ich habe sie dort nie besucht. Was sie in London machte, erzählte sie mir in Telefongesprächen. Sie sagte, dass sie in einem Pub arbeiten würde. Und jedes

Mal, wenn wir telefonierten, fragte sie: *„Geht es dir gut, Papa? Wenn es dir nicht gut geht, komme ich zurück."*

Sie blieb sechs Jahre in London, und als sie eines Abends plötzlich vor unserer Wohnungstür stand, war es so, als wäre sie nie weggewesen.

Ich arbeitete fünfunddreißig Jahre als Lagerist bei einem der größten Autozuliefererbetriebe Deutschlands. Mit der Umstellung auf die *Just-in-time*-Logistik wurde mein Arbeitsplatz überflüssig, und da ich eine Zeit lang gesundheitlich ohnehin nicht ganz auf der Höhe war, konnte ich in Frührente gehen.

Doro, die nie eine Lehre begonnen hatte und auch keine Anstalten machte, sich um eine solche zu kümmern, wechselte des Öfteren die Jobs, durchweg Stellen als Bedienung oder Barfrau in Gaststätten der Region. Sie wohnte in dieser Zeit bei mir, und erst als sie in der Rockerkneipe *Loud 'n' Proud* hinter der Theke anfing, wechselte sie in eine eigene Wohnung über dem Lokal.

Wieder einmal war sie also weg, und ich war im Großen und Ganzen auf mich alleine gestellt. Nicht, dass ich den Alltag nicht meisterte, nein. Ich konnte mich sehr gut selber versorgen. Kochen, Putzen, Waschen und Bügeln – alles keine Probleme für mich. Aber nun, als Frührentner, schien mir das nicht genug. Ich hatte viel Zeit, und ich kam mir etwas nutzlos vor, war auf das Rentnerdasein vielleicht auch schlecht vorbereitet. Das änderte sich wieder, als Doro wegen des Brandes im *Loud 'n' Proud* vorübergehend bei mir einzog.

Dann begann Doro etwas Neues. Sie gründete mit einem Bekannten eine eigene Firma. *Handkerchief*, wie sie es nannte. In der alten Ziegelei. Mit einer eigenen integrierten Wohnung. Manchmal kam sie abends bei mir vorbei, müde und erschöpft, stöhnte über schwere Arbeit, jedoch ohne sich zu beklagen. Auf meine Frage, was denn so schwer sei, antwortete sie: „Möbel."

Komm uns doch mal besuchen, sagte sie. Also stattete ich dem *Handkerchief* einen Besuch ab. Und wie ich schon mal dort war, stellte sie mir ihren Bekannten vor.

„Das ist *Hank*, Papa."

„Aaah, schön, dass Sie vorbeikommen, Helmut."

Ein Bär von einem Mann ist dieser Hank ja auch nicht gerade, dachte ich. *Kein Möbelpackertyp.*

„Paps, wenn du Langeweile hast und Beschäftigung suchst, bist du hier willkommen. Nicht wahr, *Hank*?"

Hank guckte wie auf dem falschen Fuß erwischt.

„Äääh, jaaa, warum nicht?", schwenkte er auf ihr Gleis ein. „Ich meine, Arbeit haben wir genug."

War das jetzt einer von Doros Scherzen, oder meinte sie das ernst?

„Was meinst du, Papa? Ein bisschen Abwechslung in dein tristes Rentnerdasein?"

„Jaaa, warum nicht?", antwortete ich in *Hanks* Tonfall.

Das war der Beginn meiner Karriere als *Allroundman* beim *Handkerchief*. Fortan begleitete ich *Hank* zu den Haushaltsauflösungen und Wohnungsumzügen, sodass Doro sich schonen konnte.

Ich komme mit *Hank* sehr gut aus. Er ist ein Typ völlig ohne Allüren, weder arrogant noch egoistisch oder prahlerisch. Wenn nicht gerade Fahrten mit dem Lkw anstehen, beschäftige ich mich in und um die beiden Hallen weitestgehend selbst, und er scheint es zu schätzen. Ich habe ja Augen im Kopf und sehe, wo die Arbeit liegt. Der größte Vorteil natürlich ist, dass ich in der Nähe meiner Doro sein kann, und so wie es aussieht, beruht das auf Gegenseitigkeit.

Was ich jedoch nicht verstehe, und wieder muss ich meine Augen zitieren, ist das Verhältnis zwischen den beiden. Doro und *Hank* sind nämlich, aus meiner Sicht, wie füreinander geschaffen, aber sie behandeln sich, als sei der jeweils andere der *Heilige Gral*. Unantastbar.

Ich finde es ja grundsätzlich in Ordnung, dass Frauen im Allgemeinen und meine Doro im Besonderen geachtet und respektiert werden. Männer ebenso, na klar. Die beiden haben aber während der Zeit ihrer Zusammenarbeit so viel Zunder zwischen sich angehäuft, dass es bequem für einen ansehnlichen Brand reichen würde. Doch keiner von ihnen scheint über Streichhölzer zu verfügen, beziehungsweise zu wissen, was man damit veranstalten kann. Sehen sie das denn nicht, da ich es sehe? Muss ich auf meine alten Tage tatsächlich Pfeil und Bogen kaufen und mir Flügel wachsen lassen? Darf ich mich überhaupt einmischen?

März 2016

Hank hatte zusätzliche Stühle aus der Verkaufshalle in den *Affenkasten* geschleppt, denn sieben Personen hielten sich für gewöhnlich nicht darin auf. Ihm war wichtig gewesen, dass alle Beschäftigten des *Handkerchief* anwesend sein konnten. Helmut, Chris, Doro und er besetzten den inneren Kreis um die Schreibtische; Nassima, Jalil und Antony drückten sich an die Wände.

„Danke, dass ihr alle da seid. Auch Nassima, Jalil und Antony, die den Weg zu uns gefunden haben. Unser *Handkerchief* befindet sich im sechsten Jahr, und in diesen sechs Jahren haben wir uns in der Stadt und der Region etabliert. Mit unserem Projekt sind wir der einzige Anbieter, wenn man von der Organisation der Arbeiterwohlfahrt absieht. Im Gegensatz zu ihnen bieten wir für die Auflösung von Haushalten jedoch eine Bezahlung an. Mit unserem regionalen Umzugsservice sind wir preislich unschlagbar. Sechs Jahre also. Sechs gute Jahre, möchte ich sagen, verbunden mit der Hoffnung, dass keine schlechten sieben Jahre folgen. Die Frage ist: Machen wir so weiter wie bisher, oder werden wir uns verändern. Mein Augenmerk richtet sich auf Nassima, Jalil und Antony.

Doro hat neulich gesagt, dass wir eine soziale Einrichtung sind. Das hat mir zu denken gegeben, und ich habe mich gefragt, wie sozial *ich* bin. Wie sozial sind wir? Wie sozial wollen wir sein? Habe mich gefragt, in welche Richtung sich das *Handkerchief* bewegt. Und siehe da, die Antwort hat sich fast von alleine ergeben. Oder was meinst du dazu, Chris?"

Der Angesprochene saß stocksteif und merkwürdig abwesend auf seinem Stuhl. Die Blickachsen seiner Augen würden sich wahrscheinlich erst am Rande des Universums kreuzen. Eigenartigerweise befand sich zwischen dem Ausgangspunkt und dem Kreuzungspunkt eine Person: Nassima.

„Chris? Hallo? Hier spielt die Musik", holte *Hank* ihn in die Realität zurück.

Chris schüttelte sich. „Äääh, ja. Bei mir sieht es so aus, dass ich neben Jalil und Antony sicher noch zwei oder drei Leute beschäftigen könnte", meldete sich Chris zu Wort. „Nicht nur in der Umzugssparte, sondern auch in der Schreinerei. Aber dann müsste ich noch die eine oder andere Maschine anschaffen, und das Geld dafür habe ich leider nicht. Da müsste was aus dem Firmenvermögen fließen, wenn es überhaupt eine Firmenrücklage oder Betriebskapital gibt."

„Gut, Chris. Genau deswegen müssen wir darüber reden, was wir für die Zukunft wollen. Wollen wir so weitermachen wie bisher, mit unseren angestammten Angeboten, oder wollen wir eine Ausbildungs- und Integrationsstätte für Flüchtlinge sein? Denn vorgestern kam Jalil zu uns, gestern brachte Jalil den Antony mit, heute ist Nassima zu uns gestoßen, morgen werden Antony oder Jalil einen Nächsten bringen, und der wiederum übermorgen einen Übernächsten. Verstehst du, was ich meine?"

Chris nickte, blieb jedoch stumm.

„Wir haben ja auch keine unerschöpflichen Kapazitäten, um unbegrenzt Menschen aufnehmen und sinnvoll beschäftigen zu können, so gern ich das täte. Also was wollen wir?"

Jalil streckte einen Finger in der Luft. „Darf ich etwas sagen? Es gibt viele Flüchtlinge im Container-Dorf, die einen Anschluss in Deutschland suchen. Die gerne arbeiten würden."

„Danke Jalil", sagte Doro. „Da haben wir's gehört. Viele, die Arbeit suchen. *Hank*?"

Hank setzte sich aufrecht hin. „Nächstes Jahr läuft unser Nutzungsvertrag mit der Stadt aus. Ob wir ihn für unser Geschäftsmodell verlängert bekommen, ist fraglich. Denn im Grunde sind wir nicht gemeinnützig, auch wenn wir preisgünstige Waren verkaufen. Doro, das weißt du so gut wie ich. Wir müssen also damit rechnen, dass wir gekündigt werden.

Wenn wir uns aber tatsächlich sozial engagieren. Für Flüchtlinge, zum Beispiel. Und/Oder für Jugendliche. Und/Oder für Senioren. Wenn die Stadt ein Interesse daran findet, dass wir uns um genau den Personenkreis aus Flüchtlingen, Jugendlichen und Senioren kümmern. Dass wir sogar ein Aushängeschild für die Stadt werden. Ein Vorzeigeprojekt. *Seht her, was Durlangen für die Menschen bietet.* Kannst du dir vorstellen, Doro, dass wir in diesem Sinne an die Stadt herantreten? Dass die Stadt eventuell sogar von einer Kündigung absieht?"

„Die Jugendlichen kannst du ausklammern, *Hank*. Die bekommen in der ehemaligen französischen Kaserne einen Jugendtreff allererster Güte", wusste Doro. „*Halle 14*, falls dir das was sagt."

„Na, dann eben nicht *für* Jugendliche, sondern *mit* Jugendlichen.“

„Ja, verstehe. Aber zuerst müssen wir uns einig darüber sein, dass wir unsere Ausrichtung ändern. Flohmarkt, Haushaltsauflösungen, Umzüge, Möbelwerkstatt – die werden wir weiterhin beibehalten. Doch für die Menschen, die zu uns kommen werden, werden wir ein Programm entwickeln müssen, denn ohne Programm und ohne Ziele gehen wir den Bach runter. Wollen wir uns das zusammen vornehmen, *Hank*? Wie damals, als wir hier begonnen haben?“ Doros Wangen glühten.

Aus der Ecke kam Nassimas leise Stimme: „Ich kann gut nähen. Kann Unterricht geben. Kleider nähen, Mode machen.“

„Hörst du, *Hank*? Wir sind nicht allein. Die Ideen stecken in den Menschen. Danke Nassima, das war sehr wichtig.“

Hank schaute Doro lange in die Augen. „Ja“, sagte er endlich, „das ist unsere Chance.“

März 2016

Hank war mit Helmut und Antony zu einer Haushaltsauflösung unterwegs. Er steuerte den Lkw aus *Durlangen* hinaus, Richtung *Grafenhardt*. Antony lümmelte mit seinem Handy, Kopfhörer auf den Ohren, auf dem Beifahrersitz herum. Helmut, der in der Mitte saß, schien einen Frosch im Hals zu haben, denn er hüstelte, seit sie das *Handkerchief* hinter sich gelassen hatten.

„Bist du erkältet, Helmut? Musst aufpassen. Bei der Witterung geht es schnell."

Wieder hüstelte er. „Bin nicht erkältet."

„Aber du hast doch was. Das merk' ich doch."

Helmut hustete in die Faust. Er trug eine Schiebermütze, die er dann abnahm und sie auswrang, als sei sie nass. *Keinen Kilometer mehr, und es kommt was von ihm*, dachte *Hank*.

„Findest du Doro eigentlich hässlich, oder was ist mit dir los? Bist du schwul?"

Hoppla. Was ist denn in den Alten gefahren? Damit hatte *Hank* nun absolut nicht gerechnet.

„Weder das eine noch das andere, Helmut. Warum fragst du das?"

„Warum ich das frage? Also ich halte Doro für eine schöne Frau. Eine ausgesprochen schöne Frau sogar. Sie ist echt klasse. Und ihr arbeitet jetzt schon seit sieben Jahren zusammen, und es läuft so überhaupt nichts zwischen euch. Darum."

Aha, darum geht's dem alten Herrn. Er will seine Tochter unter den Hut bringen. „Da kann ich dir nur zustimmen. Sie ist wirklich eine schöne Frau. Bestimmt die Schönste von allen."

„Warum bemühst du dich dann nicht um sie? Doro ist jetzt in dem Alter, wo's mit dem Kinderkriegen eng wird, verstehst du? Wenn's nicht sowieso schon zu spät ist."

Verdammt, irgendwie hat er recht, der Alte. Warum bemühe ich mich dann nicht? Aber das kann ich ihm jetzt nicht im Einzelnen auf die Nase binden. Ich muss ja nicht mein Problem auch noch zu seinem machen. Vielleicht reicht ihm eine Andeutung. „Helmut, Doro ist etwas ganz Besonderes. Sie verdient einen Mann, der ihr das Wasser reichen kann. Wahrscheinlich spürt sie instinktiv, dass ich nicht der Richtige für sie bin."

Da verfiel Helmut in brütendes Schweigen, bis sie die Adresse in *Grafenhardt* erreichten. Dort wagte er einen erneuten Vorstoß: „Lade sie doch mal zum Essen ein. Schenk' ihr doch mal was. Am besten beides. Ich glaube, sie mag Goldarmbänder. Die hat sie neulich angeschaut."

„Danke für den Tipp, Helmut. Ich werde dran denken."

Sie parkten vor einem älteren Einfamilienhaus direkt an der Straße. Adresse Rohrbach. Helmut und Antony stiegen die Haustreppe hoch und klingelten an der Haustür, während *Hank* die Flügeltüren des Lkw öffnete. Er hörte Helmut sagen:

„Guten Tag, Herr Rohrbach, wir kommen vom *Handkerchief,* wegen der Haushaltsauflösung, wie telefonisch besprochen."

„Ja, da war aber nicht die Rede davon, dass Sie einen Neger mitbringen."

Helmut glaubte sich verhört zu haben. „Entschuldigung, was haben Sie gesagt?"

„Ich glaube, Sie haben mich schon verstanden. Der Neger kommt mir nicht über die Schwelle."

Mittlerweile war auch *Hank* an der Haustür angekommen. Vor ihm füllte ein fetter Mann den Türrahmen aus. Braunes Haar mit akkuratem Seitenscheitel, Hosenträger, Säufernase. „Guten Tag, Herr Rohrbach, ich bin der Chef des *Handkerchief.* Schiefer ist mein Name. Gibt es irgendwelche Probleme?"

„Kann man wohl sagen. Sie und der ältere Herr können reinkommen. Aber der Schwarze bleibt draußen, damit wir uns verstehen."

Antony wandte sich ab, bereit, die Haustreppe hinunterzugehen.

„Wo willst du hin, Antony?", fragte *Hank* mit überraschender Sanftheit.

Antony deutete zum Lastwagen. „Auf die Ladefläche zum Stauen."

„Bleib´ hier, Junge Wir laden heute nicht", bestimmte *Hank*.

„Was soll denn das heißen: *Wir laden heute nicht*? Wozu habe ich euch dann herbestellt?", motzte der Fettsack.

„Der ältere Herr ist zufällig mein Schwiegervater, und der junge Mann heißt Antony und ist mein Adoptivsohn; und nein, wir verstehen uns nicht, und deswegen laden wir auch nicht. Kommt, Männer, gehen wir wieder. Wir sind auf Geschäfte mit kranken Idioten gottseidank nicht angewiesen."

Sie stiegen die Treppe hinunter. Antony und Helmut kletterten in die Fahrerkabine, *Hank* schloss die Flügeltüren des Lkw. Als er nach vorne zum Einstieg ging, stand Rohrbach mit hochrotem Kopf am Fuß der Treppe und schwenkte eine lange Stange.

„Wenn ihr noch einmal hierherkommt, schlag´ ich euch tot!“, geiferte er mit sich überschlagender Stimme. „Ich mach´ euch fertig! Das wird euch noch leidtun!“

Auf der Fahrt aus *Grafenhardt* hinaus, fragte Antony verunsichert: „Wegen mir?“

Hank bleckte die Zähne und sagte grimmig. „Nein, Antony. Wegen ihm.“

Heute * Erinnerungen

Die Nacht dauert nun schon sehr lange, selbst für meine Verhältnisse. Ich meine, dass ich gerne lange schlafe, ist kein Geheimnis. Ich schlafe gerne und ich träume gerne. Aber so lange muss es doch nun auch wieder nicht sein, oder? Man muss es ja nicht gleich übertreiben.

Wenn es aber nun mal so lange dunkel ist?

Doch komischerweise wird es ab jetzt ständig ungemütlicher. Ja, anders kann ich es nicht nennen. Mit der Ruhe ist es wohl vorbei, denn irgendwie gerät mein Körper ohne mein Zutun in Aufruhr. Ich komme mir vor wie ein Stück Knete: Gedrückt, gebeugt, gestreckt, gerieben, gestrichen, massiert, umgedreht, und dann zurück und wieder von vorne. Was, zum Teufel, ist da draußen los? Will man auf diese Weise mich altes Autowrack etwa wieder fahrbereit machen? Für den Verkehr zulassen? Oder tun sie das nur, weil sie, wer immer sie sind, meine Ersatzteile brauchen? Ausschlach-

ten? Meine Organe? Um einem anderen armen Schwein das Weiterleben zu ermöglichen?

Mir schwant Schlimmes. Oder wird es zu meinem Vorteil?

Soll ich mich jetzt aufregen, oder gelassen bleiben?

*

Es dauerte noch fast ein halbes Jahr, bis die Stadt einen Nutzungsvertrag mit ihren Bedingungen an uns deklariert hatte, und in welchem Rahmen sie sich an den Kosten für die Sanierung der alten Ziegelei beteiligen würde.

Doros Worte bezüglich *Vernachlässigung von Tafelsilber* waren demnach auf fruchtbaren Boden gefallen.

Wobei Sanierung ein dehnbarer Begriff war. Die Dächer beider Hallen wurden etwa nicht von Grund auf erneuert, sondern bloß die Löcher geflickt. Die Fenster wurden nicht komplett ausgetauscht, sondern nur die defekten Scheiben ersetzt. An den Außenmauern wurden lediglich die Fugen ausgebessert und sonst mit einer Versiegelung versehen. Die Reinigung der Innenräume blieb uns überlassen.

Das heißt nicht, dass wir, also Doro und ich, ein halbes Jahr lang untätig waren. Im Gegenteil, befanden sich ja Maschinen und Öfen in der einen, Paletten mit Ziegeln in der anderen Halle. Diese loszuwerden war zuerst unser wichtigstes Anliegen, uns als wir endlich die leeren Hallen vor Augen hatten, war es Sommer geworden, im Jahr 2010.

Ein halbes Jahr, das uns richtig zusammengeschweißt hatte. Monate voller Schufterei. Dreck und Staub bis zum Abwinken. Doch wir fühlten uns großartig, befanden uns in einer Art Aufbruchstimmung. Auf zu neuen Ufern. Gründerzeit. Wurden mental nicht müde. Einer war des Anderen Ansporn. Wenn uns Schweißbäche Linien in die staubverkrusteten Gesichter zeichneten, fühlten wir uns am stärksten. Und Doro war keine Spur zimperlich. Sie versteckte ihre Mähne unter einem alten Hut ihres Vaters und scheute vor nichts zurück. Wenn wir nach getaner Arbeit ein kühles Bier aus dem Wassereimer fischten und mit den Flaschen anstießen, blitzten ihre Augen.

Im Juli erstand ich für fünfundzwanzigtausend Euro einen gebrauchten Lkw mit Kastenaufbau, das rollende Standbein für unseren geplanten Laden. Mit ihm karrte ich die Gasbetonsteine her, mit denen wir die zwei Wohnungen an der Stirnseite der vorgesehenen Verkaufshalle aufbauten. Eine für Doro, eine für mich. Ende September bezog ich meine neue kleine Wohnung, und Doro folgte nur eine Woche nach mir in die ihrige.

Nachdem wir den *Affenkasten* zu unserem Büro erkoren hatten, gaben wir in Form von Zeitungsinseraten und Plakatoffensiven den Startschuss für das *Handkerchief* ab.

Es lief recht schleppend an, aber das störte uns nicht, denn so entwickelte sich nach und nach und in überschaubarem Tempo die Grundstruktur. Begleitete mich Doro zu Beginn noch allein zu den ersten Haushaltsauflösungen und Wohnungsumzügen, spannte ich bald ihren Vater mit ein, der in dieser Phase zu uns stieß.

Seine Unterstützung erwies sich rasch als unersetzlich und unbezahlbar, war er doch handwerklich überaus geschickt. Er beteiligte sich mit Herzblut an unserer Sache, zeigte sich nie unzufrieden oder als zu schade für eine Arbeit, und ich schätzte, dass er es hauptsächlich wegen Doro auf sich nahm. Ich jedenfalls kam mit ihm blendend aus, und das war gut so, denn wo körperliche Kraft gefragt war, geriet Doro zu sehr an ihre Grenzen.

Im Verlaufe eines Jahres füllte sich unsere Verkaufshalle zunehmend, und dann entdeckten endlich auch die Kunden unsere Warenangebote.

Mit der Umzugs-Spedition für den Nahbereich sicherten wir unser Auskommen und konnten sogar, neben Bedienung eines Bank-Kredits, Rücklagen bilden, mit denen wir weitere Baumaßnahmen, wie die erhöhte Galerie oder die ausziehbare Bühne, finanzierten.

Bank-Kredit. Ganz ohne Fremdgeld waren wir nicht ausgekommen, denn von meinen übriggebliebenen fünfzigtausend Euro war die Hälfte allein schon für den Lkw draufgegangen, und die Ausbaumaßnahmen hatten zusätzliches Geld gekostet. Doro hatte von ihrem Konto fünftausend Euro beigesteuert, und sogar Helmut hatte sich mit einer für ihn erträglichen Summe eingebracht. Sechzigtausend also von der Bank, die wir abstottern mussten. Was die Stadt *Durlangen* für die Sanierungsmaßnahmen ausgegeben hatte, konnten wir nie in Erfahrung bringen, denn sie rechnete direkt mit den Baufirmen ab, ohne uns einzubeziehen. Aber das konnte uns letzten Endes gleichgültig sein.

Nun zu einem Thema, um das ich lange Zeit einen Bogen geschlagen habe. Wirklich bereit darüber zu sprechen, bin ich zwar immer noch nicht, aber es lässt sich aus meiner Sicht nicht mehr länger aufschieben, dabei weiß ich nicht mal, wo ich mit ihr stehe. Mit Doro.

Natürlich war mir nicht verborgen geblieben, dass Doro eine Frau war. Schließlich hatte ich Augen, Nase und Ohren für die äußeren Empfindungen, sowie ein Herz für die anderen Sinne, und ich will nicht behaupten, dass ich in Sachen Frauen unterentwickelt war. Dennoch stand mein Verhältnis im Besonderen zu Doro stets im Schatten eines meiner Komplexe, über dessen Ränder ich mich nicht hinauswagte. Ich verharrte in diesem Schatten, wissend und sehend, wie mein eigenes Verhalten Doro von mir fernhielt und sie wahrscheinlich in gleichem Maße irritierte wie mich selbst. Dabei ertrank ich förmlich in der Sehnsucht nach ihrer Nähe. Einesteils suchte ihre Gegenwart, andernteils verleugnete ich mich selbst, indem ich mich ihr bewusst und selbstkasteiend entzog. Ein Teufelskreis, denn je mehr Monate und Jahre vergingen, desto dunkler wurden die Schatten um mich.

Ich begann nach dem einen Moment in unserer *„Beziehung"* zu suchen, den ich verpasst haben musste. Den einen Augenblick, an dem entschieden worden war, in welchem Verhältnis wir in Zukunft zueinander stehen würden. Ich fand ihn nicht, und vielleicht hat es ihn nie gegeben, und womöglich redete ich mir seine fragwürdige Existenz nur ein, um mir einen Grund für mein Versagen zu geben. Ich musste es so sehen: In der Causa Doro war ich ein Versager.

Dann dachte ich, dass es ihre Schönheit war, die mich lähmte. Nicht körperlich, sondern intellektuell. Wie konnte eine Frau wie sie Gefallen an einem Kerl wie mir finden? Das geht gar nicht, redete ich mir wie ein Mantra ein, das geht überhaupt nicht. Das kann nicht gehen. Alles an ihr war perfekt, und selbst wenn sie in Sack und Asche daher kam, ging sie darin wie eine Königin. Vielleicht schätzte sie solche Überhöhungen ihrer Person gar nicht, ja, gewiss sogar, davon war ich überzeugt, dass sie so nicht gesehen werden wollte, aber wenn ich es nun mal so empfand?

Zweiundvierzig Jahre war ich alt, als wir uns kennenlernten, blass und weich mein Gesicht und schlaff die ganze Figur. *Bleistiftspitzer* eben, kein Typ für schöne starke Frauen, wie Doro eine war.

Warum ich?, hatte sie gefragt. *Gibt es niemand anderen, den du ansprechen könntest?*

Gab es nicht, wird es nie wieder geben. Das stand für mich von Beginn an fest. Nur sie, Doro.

Hatte ich sie damals schon erwählt, um mich selber an ihr scheitern zu sehen? Hatte ich damals schon gewusst, dass sie mein Schicksal sein würde? Hatte ich damals schon geahnt, dass ich sie lieben würde, wie ich noch nie jemanden zuvor geliebt hatte?

März 2016

Doro wunderte sich, dass *Hank* den Lkw nicht, wie üblich nach einer Fuhre Haushaltsauflösung, in die Werkshalle lenkte, sondern zwischen den beiden Hallen stehen ließ. Weder ihr Vater noch Antony oder *Hank* trafen Anstalten, den Laderaum zu öffnen und Waren auszuladen. Dagegen sah sie Antony durch das Rolltor in die Werkshalle verschwinden und ihren Vater mit *Hank* diskutierend vor dem Lkw stehen. Was war da los?

Kurze Zeit später sandte das Dröhnen der Eisentreppe zum *Affenkasten* die Botschaft voraus, dass mit demjenigen, der heraufgestiegen kam, nicht gut Kirschen essen sein würde. *Hank* polterte ins Büro, den Hals so dick wie ein Wal. Er pfefferte seine Arbeitshandschuhe in eine Ecke.

„So ein Idiot!", fauchte er, und wiederholte: „So ein gottverdammter Idiot."

„Meinst du meinen Vater?"

„Helmut? Wie kommst du auf Helmut?"

„Ich hab´ euch diskutieren schen. Vor dem Lastwagen."

Hank lief rot an. „Äääh, nein, das …das war wegen etwas anderem. Ich meine den Rohrbach."

Doro fiel ein Stein vom Herzen. „Die Haushaltsauflösung? Was ist passiert?"

„Stell´ dir vor." *Hank* berichtete ihr von dem Vorfall in *Grafenhardt*. „So ein Idiot. Und tut mir leid, Doro, aber da konnte ich nicht einfach drüber wegsehen. Wir sind unverrichteter Dinge wieder abgefahren." Er warf sich auf seinen Bürostuhl. „Er will uns fertigmachen."

Doro erhob sich. „Das hast du gut gemacht. Ich finde, man muss Flagge zeigen."

Hank schnaufte. „Wer weiß?"

Sie umrundete die Schreibtische, blieb vor ihm stehen. „Doch. Und ich bin froh, dass du so gehandelt hast, *Chief*. Willst du einen Kaffee?"

Er nickte.

„Und was war mit meinem Vater? Raus mit der Sprache. Da ging es doch nicht um ein Kochrezept, wie ich gesehen habe."

Hank drehte verschämt den Kopf zur Seite. „Hm, in gewisser Weise schon", sagte er.

*

Das Bild der beiden diskutierenden Männer vor dem Lkw, ihres Vaters mit *Hank*, krallte sich in Doros Kopf fest wie die Zecke im Fell einer Katze. Nicht, dass die beiden sonst überhaupt nicht miteinander sprachen, nein, so war es nicht. Es lag eher in der Art und Weise, wie es bei ihr angekommen war und wie sie es interpretiert hatte, denn es hatte den Anschein gehabt, als wäre ihr Vater der Initiator der Diskussion gewesen. Sofern es denn eine solche war. Und es war die zeitliche Nähe zu einem Wortwechsel, zu dem ihr Vater sie kürzlich genötigt hatte, und weswegen Doro nun die Flöhe husten hörte. Gestern war's, um dem Thema einen Rahmen zu geben.

Natürlich konnte sie sich auch täuschen, das war klar, doch ihr Gefühl sagte ihr, dass nicht.

Er hatte sie in der Werkshalle aufgesucht, wo sie Wäsche in den Wäschetrockner stopfte.

„Ich geh´ nachher einkaufen. Brauchst du etwas?", hatte er gefragt.

„Nein, Papa, heute nicht, danke."

Er blieb bei ihr stehen und beobachtete sie.

„Ist noch was, Paps?"

„Äääh, braucht *Hank* vielleicht noch was aus der Stadt?"

„Woher soll ich das wissen? Da musst du ihn selber fragen."

Die Antwort schien ihn nicht zu befriedigen. „Ihr habt doch zwei Wohnungen nebeneinander", fuhr ihr Vater fort. „Du und *Hank*. Läuft da eigentlich etwas zwischen euch?"

Doro hielt inne und richtete sich auf. „Wieso willst du das denn wissen?"

Er setzte sich auf einen der Kartons. „Na, du bist eine attraktive Frau, er ist ebenfalls nicht unansehnlich, beide seid ihr ledig – da wäre es doch naheliegend, dass ... ach, du weißt schon."

„Nee, weiß ich nicht. Erklär´s mir, Paps. Wie ist das mit den Bienchen und den Blümchen?"

Er bekam einen Hustenanfall. „Gefällt er dir denn nicht?", würgte er hervor.

„Vielleicht gefalle ich *ihm* nicht", konterte sie belustigt.

„Dann tu´ was, dass du ihm gefällst. Eine andere Frisur, zum Beispiel. Schminke, Parfum, Dekolleté,

Kleiderlänge, und so Zeug. Oder stehst du mehr auf Frauen?"

Doro stemmte die Fäuste in die Hüfte. „Jetzt ist aber genug, Papa. Vielleicht gefalle ich ihm nicht, weil ich, im Gegensatz zu ihm, kein Abitur und nicht studiert habe. Vielleicht kann ich ihm intellektuell nicht das Wasser reichen. Es braucht mitunter mehr für eine Partnerschaft, als bloß einen Stecker und eine Steckdose, wenn du verstehst, was ich meine. Und jetzt Schluss mit diesem Thema."

Gestern also Vater und sie, und heute nun Vater und *Hank. Was ist nur in ihn gefahren?*, dachte Doro. Dass ihn die Sache absolut nichts anging, war das eine. Das andere indes war, dass sie tatsächlich zu grübeln begonnen hatte, warum es so war, wie es war. Feststand, dass beide, *Hank* genauso wie sie, das Thema Liebe mieden wie der Teufel das Weihwasser. *Hank* würde sich eher die Zunge abbeißen, als nur ein Wort darüber von sich zu geben. Und wie stellte sie sich dazu?

Schwierige Frage. Hatte ihr Vater eventuell recht? Sollte sie wirklich von sich aus Signale an *Hank* senden? Schminke? Dekolleté? Minirock? Das würde voraussetzen, dass sie ihn erobern wollte. Aber wollte sie das?

Doro schüttelte den Kopf und lachte über den Gedankengang laut auf. Sie als Vamp? Nein, das war nicht ihr Stil. Dabei, und wenn überhaupt, konnte sie sich nur ihn als Partner und Lebensgefährten vorstellen.

Wie sie zu ihrem Vater gesagt hatte: *Vielleicht gefalle ich* ihm *nicht.* Ihr nächster Gedanke: *Das einzige, was ich gut kann, ist ein gepflegtes Bier zapfen. Sonst habe ich nichts gelernt.*

Wenn sie *Hank* in die Augen sah, glaubte sie zwar jedes Mal seine Sehnsucht darin zu erkennen, aber auch den Schleier einer sonderbaren Wehmut, die alles zu überdecken schien. Und genauso oft zügelte sie ihr Verlangen, den Schleier wegzureißen und ihm zu sagen, dass er aufwachen solle. *Ich bin hier, Hank. Ich warte auf dich.*

Ja, dachte sie, *im Grunde ist es genau das. Ich bin hier, und ich warte auf ihn.*

Chris

Chris lief in seiner Wohnung auf und ab und schalt sich einen Tor. Wieder war ein Tag vergangen, an dem er es getan hatte. Heimlich.

Seit er im März Nassima zum ersten Mal gesehen hatte, war es mit seinem inneren Seelenfrieden vorbei. Ihr Anblick hatte ihn tief in der Seele berührt. Hatte sein einsames zähes Blut dünnflüssig gemacht. Eine Empfindung, die er nicht einordnen konnte. Nur so viel wusste er: Dass er sie immer wieder anschauen musste, als hätte sie einen Bannstrahl auf ihn geworfen. Was natürlich Quatsch war, wie er sich einredete, denn wie sollte sie wissen, dass er ...

Also war er zur Tat geschritten und hatte einen Spion in seine Wohnungstür eingebaut. Nun ging er, sobald

Nassima in der Wäscheabteilung beschäftigt war, so oft wie möglich in seine Wohnung, um sie durch den Spion zu beobachten. Nein! Nicht zu beobachten! Er war ja kein Spanner. Sie fasziniert anzuschauen. Er gab Jalil und Antony jeweils eine Arbeit, die sie allein und ganz ohne seine Aufsicht erledigen konnten, um Nassima sehen zu können. Heimlich.

Chris schämte sich.

Aber was sollte er tun? Was ging bloß in ihm vor?

Sollte er mit jemandem darüber reden? Mit *Hank* eventuell? Aber der sah selber so aus, als trüge er Handschellen und Augenklappen gleichzeitig. Dann also mit Doro? Sie war ja immerhin ebenfalls eine Frau. Aber den Zweck mit dem Spion in der Tür durfte freilich niemand erfahren. Und wahrscheinlich würde ihm ein vertrauliches Gespräch mit anderen nichts bringen, da er sich nicht mal erklären konnte. Aber sie ging ihm einfach nicht mehr aus dem Kopf. Nassima.

Er sah, wie traurig sie war. Aber auch wie schön. Und in den Nächten träumte er von ihren endlosen tiefen Augen, und dann wünschte er, sie in die Arme zu schließen und ihr die Traurigkeit zu nehmen. Ausgerechnet er, der Spaßmacher der Nation himself.

Er war in Gedanken, als er am nächsten Morgen seine Wohnung verließ und die Werkshalle betrat. Sie war schon da. In der Wäscheabteilung. Das Herz vollführte einen Salto.

„Guten Morgen, Nassima", krächzte er verlegen, und sie fing seinen Blick mit ihren Augen ein und hielt ihn mit ihrem stillen Lächeln fest. So stiefelte er gefangen und blind vorwärts, stolperte über einen Karton, der ausgerechnet heute im Weg stand, und schlug der Länge nach hin. Er stürzte auf den Boden, knallte mit der Stirn an die Kante einer Palette, auf der weitere Kartons standen, und blieb benommen liegen. *Oh Mist, und das mir.*

Aber er war nicht allein. Auf einmal spürte er Hände, die ihm halfen sich umzudrehen und aufzurichten. Hände, die seine Kleidung abwischten und vom Schmutz befreiten.

„Alles gut, Chris?", fragte Nassima besorgt.

„Danke, alles gut. Danke, es geht schon wieder."

Er nickte ihr nochmal mit dem Kopf zu, und wollte sich wegdrehen, doch ein Knopf seiner Jacke hatte sich in einer Lochmasche ihres Kopftuchs verfangen, und so hingen sie zusammen.

„Oh, war keine Absicht", sagte sie und kicherte leise. Dann befreite sie beide aus der Zwangsverbindung. Doch dann fiel ihr etwas auf: „Du blutest."

„Blut?"

„Ja. Du blutest. An der Stirn. Hast du Pflaster?"

Er griff sich an den Kopf. Blut. „Ja, in der Wohnung", sagte er und zeigte zur Tür.

„Gut. Ich helfe dir, Chris", sagte sie und folgte ihm.

Eine Viertelstunde später lag er rücklings auf seinem Bett, die Hände unter dem Kopf verschränkt, ein kleines Pflaster auf der Stirn. Er fühlte sich so wunderbar großartig, dass er tanzen könnte, denn jetzt wusste er, welcher Art Gefühle es waren, die ihn so sehr beschäftigt hatten. Und in einem Anfall kühnen Schalks überlegte er, an welcher scharfen Kante er sich morgen den Kopf stoßen könnte.

Mai 2016

Die Veränderungen im *Handkerchief* entwickelten sich langsam, aber spürbar. Chris hatte einen weiteren jungen Mann aus Afrika aufgenommen. Kingsley, ein zwanzigjähriger Nigerianer, ein klapperdürrer kleiner Kerl mit breiten Zahnlücken. Doro zählte zwei neu hinzugekommene Frauen zu ihrer Belegschaft. Die zweiunddreißigjährige Ceylin aus *Mossul* im Nord-Irak, sowie die gleichaltrige Syrerin Nesrin, die beide über die Türkei nach Deutschland geflüchtet und jeweils Mutter eines Mädchens waren.

Die Mädchen besuchten in den Vormittagsstunden die extra eingerichtete Schulklasse für Kinder mit Migrationshintergrund in *Durlangen*, und hielten sich nachmittags bei ihren Müttern im *Handkerchief* auf.

Doro war es gelungen, zu ihrer eigenen, zwei zusätzliche gebrauchte Nähmaschinen aufzutreiben, die sie den drei Frauen aus dem Nahen Osten zur Verfügung stellte. Nassima, die bereits einige Erfahrung im Nähen besaß, schulte die anderen zwei Frauen an den Geräten ein. So wurden nicht nur beschädigte Kleidungsstücke frisch aufgearbeitet oder abgeändert, sondern mit Nassimas eigenen Schnittmustern aus Stoffresten neue Kleider, Accessoires und Taschen, aber auch Patchwork-Decken und Quilts hergestellt, die in der Verkaufshalle angeboten wurden.

„Es wird immer schlimmer", sagte Doro eines Morgens zu *Hank*, als sie auf ihrem Computer die eingegangenen E-Mails anklickte. „Seit der Sache in *Grafenhardt* mit Rohrbach, diesem Arschloch, werden wir regelrecht mit Hass-Mails zugedeckt. Das ist ein richtiger *Shitstorm*. Was bin ich froh, dass wir uns bei *Facebook* abgemeldet haben, sonst wär's direkt unerträglich. Ich habe zudem das Gefühl, dass wir weniger Aufträge erhalten."

Hank konnte das bestätigen. „Es **sind** weniger Aufträge", bestätigte er. „Die *Rechte Szene* macht mobil gegen uns. Da nützt es uns nichts, nicht mehr bei *Facebook* zu sein. Die Schweine sind ja untereinander vernetzt. Es ist erschreckend, was in den perversen Hirnen vor sich geht."

„Kann man nichts dagegen unternehmen? Mit der Polizei? Über die E-Mail-Absender?"

Hank nickte. „Du hast recht. Wir werden die Polizei einschalten. Ob eine Anzeige Erfolg hat, ist fraglich, denn die Absender verstecken sich oft hinter Pseudonymen oder agieren aus der Anonymität heraus. Aber dennoch ist es besser als den Schwanz einzuziehen." Er griff zum Telefon.

Das *Handkerchief* arbeitete seit Anfang Mai offiziell, mit dem Siegel der Flüchtlingsbetreuung ausgestattet, unter dem Segen der Stadt *Durlangen*. Doro, Chris und *Hank* hatten die Ratsmitglieder zu einer Ortsbesichtigung eingeladen und ihnen das Projekt und die Entwicklung vorgestellt. Zeitgleich hatten sie die Presse verständigt, und durch den Tags darauf erschienenen Artikel in der Zeitung wurde eine breite Öffentlichkeit informiert, was eine Welle der Hilfsbereitschaft auslöste.

Nicht nur, dass das *Handkerchief* wieder mehr Aufträge bekam, sondern es wurde auch mit Spenden unterstützt. So wurde zum Beispiel ein Gaskochherd mit zugehöriger Gasflasche zur Verfügung gestellt, dann trafen täglich frische Lebensmittel ein, sodass die Flüchtlinge sich selbst verköstigen konnten. Aber auch Geldzuwendungen waren darunter, und Doro wurde die delikate Aufgabe zuteil, die wirtschaftlichen Einnahmen von den gemeinnützigen zu trennen und nachzuweisen.

Eines Abends Mitte Mai kamen Doro und *Hank* von einem Besuch des *Loud 'n' Proud* zur Ziegelei zurück. Seit Doro sich zeitlich voll und ganz dem *Handkerchief* widmete, betrat sie den Biker-Club nur noch als Gast, sehr zum Leidwesen der Biker. Das Hallo unter ihnen war jedes Mal groß, sobald sie nur einen Fuß über die Schwelle setzte. Mir ihr, sagten die Biker, hätte das *Loud 'n' Proud* seine Seele verloren, obwohl ein adäquater Ersatz für sie hinter der Theke stand.

Diesmal hatte Doro ihre selbstauferlegte Zurückhaltung an der Theke des *Loud 'n' Proud* zurückgelassen, sich beim Verlassen des Lokals mutig unter *Hanks* Achsel geschmiegt und den Arm um seine Hüfte gelegt. Nach einigen Sekunden erhitzender und hölzerner Verwirrung wagten sie in dieser innigen Formation erste schweigsame und steife Schritte. Bald jedoch passte der Rhythmus nicht mehr zusammen, es glich eher einem unkoordinierten Wackeln als einem eingeübten Gang, weshalb *Hank* die Umarmung löste. Aber er suchte Doros Hand, nahm sie in seinen Griff, und so wandelten sie mit aufgewühlten Herzen den Gehweg entlang.

An der Ziegelei angekommen, bemerkte *Hank*, dass der Zaun neben dem Tor beschädigt war. „Aufgeschnitten", wie er nach kurzer Prüfung feststellte. Argwöhnisch schauten sie sich auf dem Gelände um. Vordergründig entdeckten sie keine Auffälligkeiten. Alle Fenster waren heil, und auch an den Schlössern der Tore ...

„*Hank*, schau dir diese Sauerei an", rief Doro, wartete, bis dieser von der Fensterkontrolle wieder bei ihr war und wies mit der Hand auf das Rolltor der Werkshalle.

Hank erstarrte in der Bewegung. Auf dem Tor prangten in mannshoher Schrift zwei Worte in weißer Farbe: ***Ausländer raus!***

Doro

Warum ich? Und wenn ja, wieso tat ich mir das an? Ich hatte doch einen lässigen Job im *Loud 'n' Proud* gehabt?

Ich glaube, es war der Reiz, etwas Eigenes auf die Beine zu stellen. Etwas Ungewöhnliches. Etwas, hinter dem ich stehen konnte.

Recht schnell nach Hanks Angebot formten sich Ideen in meinem Kopf. Bilder, wie so ein Dauer-Flohmarkt aussehen könnte. Zunächst war mir der Begriff Brockenstube, wie Hank ihn verwendete, fremd. Im Duden hab' ich dann gelesen: *Brockenhaus (schweizerisch für Stelle, die gebrauchten Hausrat oder Ähnliches entgegennimmt und zu wohltätigen Zwecken weiterverwendet oder verkauft.)* So weit, so gut. Sofort dafür entscheiden konnte ich mich allerdings nicht. Ich war immerhin siebenunddreißig und hatte eigentlich einen Job, der mir Spaß machte. Das *Loud 'n' Proud*. Nur dass das Lokal eben mal kurz ausgebrannt war. Und mit siebenunddreißig krempelt man nicht einfach mal aus einer Laune heraus sein Leben um.

Ich denke, dass Hank in sozialer Hinsicht ziemlich allein auf weiter Flur stand. Keine Freunde, kein Verein, nichts. Und wenn er im *Loud 'n' Proud* an der Theke saß und sein Bier trank, dann tat er es, bilde ich mir ein, meinetwegen. Dass ich ihm gefallen haben muss, war mir sofort klar. Aber ich habe ihn nie dabei ertappt, wie er mir auf den Arsch glotzte oder in den Ausschnitt stierte. Vielleicht war er einsam, das weiß ich nicht, ich hab' ihn nie gefragt, aber allein von der gegen Null gehenden Anzahl seiner Bekannten her hatte er keine große Auswahl an Leuten, mit denen er ein Geschäft wie das *Handkerchief* hätte aufziehen können. *Except me.*

Und warum habe ich ihm letztendlich zugesagt?

Ganz einfach. Ich mochte ihn von der ersten Sekunde an. Er war kein Angeber und kein Blender. Er verkörperte etwas, das mir instinktiv gefiel. Ich sah in ihm gleichermaßen einen Suchenden als auch einen Verlorenen. Einen, der wusste, dass er beides war.

Er traute mir etwas zu! Schließlich muss er vorher schon überlegt haben, ob ich für seine Pläne die richtige Partnerin wäre. Muss gewusst haben, dass harte und schwere Arbeit auf uns warten und ich dafür geeignet sein und nicht davor zurückschrecken würde.

Er reduzierte mich nicht auf die weiblichen Attribute. Na gut, manchmal hätte ich mir schon gewünscht, er würde bemerken, dass ich eine Frau bin. Hie und da ein nettes Geplänkel zwischen den Geschlechtern, sozusagen. Denn dass sein Herz mir gehört, war und ist, zumindest für mich, unübersehbar.

Aber Jahre vergingen, in denen einer auf den anderen zu warten schien.

So gesehen war es ein Riesenfortschritt, als ich nach unserem Kneipenbesuch mein Herz in beide Hände genommen und ihn kurzerhand umarmt hatte, und wir dann Hand in Hand nach Hause spaziert waren. Als Paar, und ich schwöre bei allen Schwurheiligen, dass unsere Füße dabei den Boden nicht berührten. Er war es gewesen, der meine Hand ergriffen hatte, und wer weiß, wie die Nacht noch weiter verlaufen wäre, hätten wir nicht just an jenem Abend den zerschnittenen Zaun und die Farbschmiererei am Hallentor entdeckt.

Warum, frage ich mich, hatte ich die Initiative nicht schon viel früher ergriffen? So viel vergeudete Zeit.

So oder so, unser schlummerndes Sorgenkind war endlich aufgewacht. Von Stund an knisterte es in unseren Blicken nach hunderttausend Volt, und kamen wir uns nahe, sprang ein statisch geladener Funke über. *Zipp*. Und ich wusste, dass wir in absehbarer Zeit übereinander herfallen würden wie zwei Katzen, die sich um einen Fischkopf balgen.

Heute * Erinnerungen

Große Veränderungen. Ich spüre es. Spüre es allein schon beim Atmen. Ich bin nicht mehr dort, wo ich vorher war. Die Luft ist eine andere. Die Temperatur ist eine andere. Der Raum ist ein anderer. Alles ist anders, ich spüre eine unmittelbare Nähe, und dann weiß ich: Ich - bin – nicht – mehr – allein.

Ich habe das Gefühl, an einem vertrauten Ort zu sein. Es muss an der gesamten Atmosphäre liegen, die mich umgibt. Zum Beispiel meine ich, Geräusche zu erkennen. Schritte, wie sie hallen. Manchmal dröhnen sie, dann wieder entfernen sie sich. Ich unterscheide Stimmen. Männer und Frauen. Nicht, dass ich sie verstehen kann, aber aus irgendeinem Grunde fürchte ich sie nicht, denn sie klingen freundlich, und hin und wieder sprudeln sie wie ein Lachen. Dann wieder sind es Gerüche, die kommen und gehen. Essensgerüche, oder solche, die nach alten Möbeln riechen, aber auch nach Sägemehl und Waschpulver.

Am aufregendsten jedoch empfinde ich den einen Duft, den ich am häufigsten rieche. Er vermischt sich mit einem nahen Flüstern, mit einem Hauch auf meiner Haut, und dem sanften Streicheln einer Hand. Und dann – dann spüre ich eine Sehnsucht. Eine Sehnsucht zu leben. Und endlich nach Doro.

*

Nach etwa drei Jahren hatte sich das *Handkerchief* in der Stadt einen untadeligen Ruf erworben und war den meisten Stadtbewohner mittlerweile ein Begriff. Einmal wöchentlich erschien unsere Annonce in der Zeitung, und Helmut klebte fleißig nach wie vor die Reklame-Plakate. Veranstaltungstermine verkündeten wir über Extra-Anzeigen. Man kannte unsere Gesichter auf den Straßen und in den Geschäften, wusste landauf, landab, wer wir waren.

Meine Mutter traf ich weiterhin regelmäßig im *Café Fürst*, denn ihre Wohnung in der Klahrer Straße galt für mich noch immer als verbotene Zone, als *von einer bösen Macht* (Vater) *kontaminierter Ort*. Ziemlich alle zwei Wochen besuchte sie uns im *Handkerchief*, brachte Kuchen oder Kekse, trank Kaffee mit uns, und streifte dann mit Wonne durch unsere Halle.

Ich hatte Doro bei einem unserer Abende im *Loud 'n' Proud* von meinem Missverhältnis zu meinem Vater erzählt. Sie fand es gleich aus mehreren Gründen schade, und führte natürlich die stressfreie Beziehung mit ihrem Vater als Beispiel an. Jedoch wünschte sie sich für ihren Vater gelegentlich ein gleichaltriges Pendant zur Seite. Einen Freund, im besten aller Fälle. Jemand, mit dem er sich generationengleich unterhalten konnte, bei einem Bier ihretwegen; oder mit dem er sich zum Zeitvertreib beim Boule-Spiel oder Ähnlichem treffen würde. Dass er nicht immer nur auf seine Tochter fixiert wäre. Schade, fand Doro, dass mein alter Herr, meiner Schilderung nach, nicht der Geselligsten einer sei.

Ich muss ihn so gut beschrieben haben, dass sie ihn sogleich als meinen Vater erkannte, sobald er den ersten Schritt in unsere Verkaufshalle gesetzt hatte. Denn, kaum zu glauben, tauchte er unvermittelt an einem Freitagnachmittag bei uns auf. Schiebermütze auf dem Kopf, beige ärmellose Rentner-Mehrzweckuniformjacke, braune Bügelfaltenhose.

Doro befand sich zu dem Zeitpunkt gerade seitlich unterhalb der Galerie in unserer Gemälde- und Bilderabteilung. Ich hielt mich im *Affenkasten* auf. Mein Handy klingelte. *Doros Nummer? Warum ruft sie mich an und kommt nicht hoch?* „Doro, was gibt's?"

„Schau mal raus. Der Mann in der Halle könnte vom Aussehen her doch dein Vater sein, oder?"

Ich schaute in die Halle hinunter. Es stimmte. Dort stand er. Mein Vater, wie er leibt und lebt. *Was will der denn?* Ich eilte ihm entgegen. Seine Körperhaltung und der Gesichtsausdruck verrieten mir seine Einstellung im

Voraus. Er trug sein gewohnt abfälliges Lächeln wie eine in Stein gemeißelte Maske.

„Da ist ja der Herr über den Krempel!", rief er hämisch. „Weit hast du es gebracht, mein Junge. Zum Ramschhändler. Alle Achtung. Hab´ ich dich dafür vielleicht zur Schule geschickt?"

„Was willst du?", fragte ich und schluckte die Beleidigung hinunter. Trotz meines aufsteigenden Zorns spürte ich auch den Stachel der väterlichen Ablehnung.

„Hier sehe ich weit und breit nichts, das ich wollen könnte. Ist doch alles nur Schrott. Ich wollte mich nur mit eigenen Augen davon überzeugen, wovon man in der Stadt so großartig redet. Inklusive deine Mutter."

In diesem Augenblick kam Doro herbei, ein Gemälde unter dem Arm. Mein Vater hatte sie noch nie vorher gesehen. Sie zwinkerte mir heftig zu.

„Pardon, wenn ich störe, mein lieber *Hank* ", säuselte sie honigsüß, „aber ich habe eine Frage zu diesem Bild. Kann der angeschriebene Preis stimmen? Für diese echte Lithografie von *Kandinsky* nur sechstausendfünfhundert Euro?" Ihre Augenlider flatterten dazu wie die Flügel eines Vögelchens.

Nanu, dachte ich, *gibt sie sich als Kundin aus?*

„Moment, Vater", sagte ich zu meinem alten Herrn und wandte mich Doro zu. „Zeigen Sie mal her, Frau Schweikert." *Ein aus dem Stegreif erfundener Name.* Ich nahm das Bild so entgegen, dass auch mein Vater es sehen konnte, und dass ihm vor allen Dingen der Zettel nicht entging, der am Rahmen des Bildes klebte. *Hatte Doro den in der Eile selbst geschrieben? Sechstausendfünfhundert Euro?* „Exakt, Frau Schweikert.

Das haben wir gestern erst reinbekommen. Hätten Sie denn Interesse daran?"

„Aber hallo!", rief sie und stieß mit dem Ellbogen meinen Vater kumpelhaft an. „Für den Preis nehm´ ich es sofort mit. Oder was meinen Sie dazu? *Kandinsky*? Ein Schnäppchen, oder?"

„Ääähm ...ääähm ...von solchen Dingen versteh´ ich nichts", erwiderte mein Vater und lief rot an.

„Na, macht nichts", sagte sie jovial, „kann ja nicht jeder studiert haben, was? Hahaha." Und zu mir: „Also, mein lieber *Hank*, dann packen Sie es mir doch bitte gleich ein. Und schreiben Sie, wie immer, einfach eine Rechnung. Wann trifft denn voraussichtlich die nächste Kunstlieferung bei Ihnen ein? Nächste Woche vielleicht? Ach, dann sehen wir uns ja bald wieder." Und an meinen Vater im Verschwörerton gerichtet: „Im Vertrauen: Wenn Sie günstig Kunst suchen – hier im *Handkerchief* ..."

„Ach, lassen Sie mich doch in Ruhe mit ihrer Scheißkunst!", fauchte ihr mein Vater ins Gesicht, fuhr auf dem Absatz herum und stob mit geschwollenem Hals aus der Halle.

Ich hielt das Bild in Händen. „Wie kommst du ausgerechnet auf *Kandinsky*? Das ist doch erstens niemals ein *Kandinsky*, und zweitens keine Lithografie. Und auf sechstausendfünfhundert Euro? Der Schinken ist doch höchsten vierzig Euro wert."

Doro grinste. „Das wusste doch dein Vater nicht. Ich wollte bloß ein bisschen angeben und ihm den Wind aus den Segeln nehmen. Ich denke, an dem Knochen wird er eine Weile zu kauen haben. Du hattest übrigens recht. Dein Vater ist nicht der Vater, den man sich wünscht. Er taugt auch nicht als Freund für meinen Papa. Ich glaube sogar, er taugt zu gar nichts.“

Wir haben ihn kein zweites Mal mehr bei uns gesehen.

An den Wochenenden herrschte im *Handkerchief* stets ein Kommen und Gehen, weshalb wir an Samstagen keine Touren mehr mit dem Lkw unternahmen. Zweimal im Monat hielten wir den Laden auch sonntagvormittags geöffnet. Tag der offenen Tür, wie wir es nannten. Dann zogen wir jeweils die Bühne aus, und es ergaben sich spontane Konzerte meist junger Musiktalente, die bei uns erste Bühnenerfahrungen vor zufällig anwesendem Publikum sammelten. Oder es führten Laien-Spielgruppen eigene kurze Theaterstücke auf, die es wahrscheinlich auf keiner anderen Bühne zu sehen geben würde. Wieder andere spielten Kasperletheater mit Handpuppen, und benötigten dazu nicht mehr als zwei Ständer, eine Querstange und eine Decke, um sich dahinter zu verstecken.

Irgendeiner hatte damit angefangen, und andere hatten es aufgenommen und fortgeführt: Die Leute erschienen mit Kaffee und Kuchen, und bei schönem Wetter wurden Tische und Stühle vor die Halle getragen, man setzte sich gemütlich zusammen, die Kinder tobten herum – herrlich.

Doro hatte in einer abgeteilten Ecke einen Spielplatz für Kinder eingerichtet, denn an Spielsachen mangelte es uns nicht. Dort gab es zum Beispiel eine elektrische

Autorennbahn, eine Sammlung von Barbie-Puppen mit dutzenden Kleidern, Wassermalfarben und Buntstifte und jede Menge Malpapier, Bauklötze und Legosteine, Sprungseile und Gummitwist, Geschicklichkeitsspiele, Ballspiele, sowie eine Vielzahl Kinderbücher. Die Kinder liebten es, und die Kinder liebten Doro.

Für die größeren Kinder und Jugendlichen hatte *Hank* an den Wänden der Verkaufs- und der Werkshalle Basketballkörbe angebracht. Bald avancierte der Platz zum Basketball-Mekka *Durlangens*, schnell entwickelte sich der Platz zum Treffpunkt der Jugend. Doros Vater Helmut wurde von den Jugendlichen selbst sozusagen stillschweigend zum Jugendbeauftragten erkoren, und er füllte dieses ihm übertragene Amt, sofern er nicht anderweitig unterwegs war, mit Stolz und zu aller Zufriedenheit aus.

Es funktionierte wie von selbst, und unsere Kunden nahmen es dankbar an. Wir profitierten natürlich davon, indem wir durch Mund-zu-Mund-Propaganda den Bekanntheitsgrad erhöhten. Kostenlose Werbung also.

Ich will nicht behaupten, dass das alles wegen oder unter meiner Regie geschah. Zwar hatte ich mir das Endergebnis so ungefähr vorgestellt, doch mein bescheidener Beitrag beschränkte sich darauf, dass ich es einfach zugelassen hatte. Denn diejenige, die alles in die Hand genommen, die alles organisiert, die alles durchdacht hatte – die Macherin des Ganzen – das war Doro.

Ich spürte, dass ihr Herzblut darin steckte. Nicht nur vielleicht, sondern wahrscheinlich in einem viel stärkeren Maße als meines. Das *Handkerchief* war ihr

Lebensinhalt, war ihr Kind. In all den Jahren hatte sie keinen einzigen Tag Urlaub gemacht oder war krank gewesen. Sicher trug zu ihrem Engagement bei, dass sie in der Nähe ihres Vaters war, beziehungsweise er bei ihr. Dass sie sich um ihn sorgte, war unübersehbar. Und in gewissem Maße war sie mir dankbar dafür, dass er im *Handkerchief* einen Sinn und eine Aufgabe gefunden hatte. Einen Platz, an dem er sich einbringen und nützlich fühlen konnte.

Was unser gegenseitiges Verhältnis betraf, so glaubte ich, dass wir uns einem stillschweigenden Arrangement beugten. Wir wohnten zwar Tür an Tür, und näher zusammen, fürchtete ich, würden wir im Leben nicht mehr kommen. Gelegentlich verabredeten wir uns auf ein oder zwei Bier im *Loud 'n' Proud*, doch an den Wohnungstüren nahm jeder jeweils seinen eigenen Schlüssel in die Hand.

Manchmal dachte ich, sie wartete auf ein Wort von mir. Auf ein Zeichen. Auf ein Erkennen. Ich meinte es in ihrem Augenausdruck zu lesen: *Hilf mir, Hank, ich bin wie du. Ich warte schon so lange auf dich.* Aber dann flüsterte der kleine Mann in meinem Ohr. *Gleiches würdest du auch in den Augen eines Rehs oder eines Vogels lesen.* Erkenntnis: Ich traute meiner Lesekunst nicht.

Was, wenn es ihr tatsächlich so erginge wie mir?

Wie oft wir uns schon berührt hatten – ich hatte es nie gezählt, bestimmt einige hundert Male, und doch war das tausendunderste Mal noch nicht dabei, denn es war ja nichts passiert, oder?, und ich würde es wissen, wenn es das tausendunderste Mal gegeben hätte. Doch nichts hatte *zoom* gemacht.

Es existierte kein Mann in ihrem Leben. Keine Frau. Weder ein Biker aus dem *Loud 'n' Proud* noch ein anderer. Okay, im Biker-Club machte ihr manch einer den Hof, flirtete der eine oder andere offensichtlich mit ihr, und sie ließ es sich gefallen und sie schien es auch zu genießen, denn sie beherrschte die Klaviatur des Spiels, war sich der Mechanik bewusst. Ich beneidete Doro darum und die Kerle, die so leichthin und eloquent die erforderlichen Gesten und Wortgeplänkel beherrschten und anwandten, und ich hasste mich dafür, weil ich es nicht konnte.

Dann kam der Abend, an dem Doro meine Festungsmauern erstürmte und mich einfach umarmte ...

Nassima

In ihrer Brust schlug ein kräftiges Herz. Das war nichts Neues für Nassima. Aber seit einigen Tagen pochte es in einem anderen, ungewohnten Rhythmus, und zudem so laut, dass sie befürchtete, man könne es nach außen hören.

Ein ähnliches Gefühl hatte sie erst einmal erlebt. Damals, als sie ihren Mann kennenlernte. In Syrien. Vor vielen Jahren in einem anderen Leben. Diesmal empfand sie es sogar noch stärker und aufregender. Ja, aufregender. Und zwar dermaßen, dass sie an fast nichts anderes mehr denken konnte.

Wie sehr hatte sie sich vor wenigen Tagen beherrschen müssen, nicht laut hinauszulachen, als er über den Karton gestolpert und gestürzt war. Er, Chris. Weil es so komisch ausgesehen hatte. Lustig geradezu. Weil er nur Augen für sie gehabt hatte. Man muss sich das mal vorstellen: Augen, ausschließlich für sie, Nassima.

Es war ein gänzlich anderes Schauen gewesen als das widerliche und lüsterne Gaffen der Männer im Container-Dorf, ob sie nun Bewohner oder vom Wachpersonal waren. Absolut nicht vergleichbar. Er hatte geschaut, als sei ihm ein Wunder begegnet. Oder eine Königin. Dabei war es nur sie, die in der Werkshalle gewesen war. Nassima. Dann war er gestolpert.

Sie hatte ihm geholfen, die Platzwunde an der Stirn zu verarzten. Nichts Dramatisches an sich, doch seither suchte er behutsam ihre Nähe, unbeholfen und schüchtern. Er half ihr bei der Wäsche und erzählte kleine witzige Geschichten, obwohl die Unbekümmertheit nicht so recht zu seiner traurigen Gestalt passen wollte. Doch er gab sich redlich Mühe, sie aufzumuntern, und endlich ließ sie zu, dass er sie abends auf dem Weg zurück ins Container-Dorf begleiten durfte.

Wie sie sich fühlte! Welch ein Triumph, sich nicht mit gebeugtem Haupt und niedergeschlagenen Augen durch die Gasse der Spalier stehenden glotzenden Männer ekeln zu müssen, sondern aufrecht und stolz hindurchzugehen.

Merkwürdige Dinge geschahen mit ihr, und anfangs begriff sie nicht, wie ihr geschah. Erst das wilde Herz, dann die teils verwirrenden, teils sogar verwegenen Gedanken. Viel zu schnell verflogen die Stunden bei der Arbeit, und viel zu langsam vergingen die Nächte auf der harten Pritsche im Container-Dorf. Wenn sie doch einmal, selten genug, in einen oberflächlichen Schlaf sank, träumte sie von einem neuen Leben, das sie nicht kannte, und fühlte sich danach schuldig, weil sie befürchtete, ihr altes Leben und somit ihre Kinder und ihren Mann zu vergessen. Gegen das eigenartige Summen und Vibrieren in ihrer Brust jedoch war sie machtlos, und sie gab sich ihm je länger desto mehr hin. Setzte es wirklich einmal aus, wünschte sie es sich umso stärker zurück.

War Chris mit *Hank* oder Helmut im Lkw zu Kundschaft unterwegs, befiel sie jeweils eine nervöse Unruhe, die sich erst wieder legte, wenn sie ihn wohlbehalten zurückkommen sah. Dann suchte sie die Verbindung zu seinen Augen und schenkte ihm ihr Lächeln.

So stark und wuchtig die Gefühle auch waren, so groß war auch Nassimas Unsicherheit. Was war ihr, nach dem Tod ihres Mannes, als Muslima erlaubt? Welche gesellschaftlichen Schranken galten in diesem so anderen Land? Was bedeutete ihr die Zugehörigkeit zum Islam, und welchen Standpunkt vertrat Chris in Sachen Religion?

In einer sehr emotionalen Eingebung lieh sie sich eines Abends von ihrer Mitbewohnerin Nesrin, ebenfalls Syrerin, einen Kajal- sowie einen dezenten Lippenstift. Am nächsten Morgen zelebrierte sie vor dem trüben Spiegel des Sanitär-Containers durch Betonung ihrer

Augen und Lippen entschlossen ihre eigene Wiederauf-
erstehung. Nicht als Muslima, sondern als Frau.

Mai, 2016

Die Polizei war gekommen und hatte die Schmiererei
am Rolltor und den zerschnittenen Zaun fotografisch
dokumentiert. Anzeige gegen Unbekannt.

Hank nannte den Namen des Mannes, den er für den
Urheber der Internet-Schmähungen hielt. Herr Rohrbach aus *Grafenhardt*. Zur Kenntnis genommen. Poli-
zei-Sprech: Man würde der Sache nachgehen.

Ungeachtet des nicht nachlassenden *Shitstorms* etab-
lierte sich die Praxis mit den Flüchtlingen im *Handkerchief* weiter. Chris hatte nebenher die Produktion
von eigenen Möbeln begonnen. Seine Spezialität waren
Kommoden mit vielen Schubläden, die durch ihre gera-
den einfachen Linien bestachen. Seine drei Gehilfen
Jalil, Antony und Kingsley waren mittlerweile so ge-
schult, dass sie weitestgehend ohne Aufsicht arbeiten
konnten, was Chris die eine oder andere freie Minute
gewährte, die er gerne nutzte.

Was er nicht mitbekam, war, wie Doro gerade zufällig die Werkshalle betrat, als er gemeinsam mit Nassima Bettwäsche zusammenfaltete. Doro ihrerseits blieb
wie angewurzelt stehen und beobachtete die beiden mit
wachsendem Interesse.

Denn Chris' ausgemergeltes Gesicht verwandelte sich in ein sanftes Antlitz. Aus den Höhlen seiner Augen entsprang eine Zärtlichkeit, die man ihm niemals zugetraut hätte. Sein harter Mund formte sich zu freundlichem Lächeln. Die beiden schienen sich angeregt zu unterhalten. Doro hörte freilich nicht, über was sie sprachen, und dann, wie ein aufflammendes Licht in dunkler Finsternis, dann lachten diese beiden so traurigen Menschen, sodass Doro sich unwillkürlich abwenden musste, um ihnen dieses zweisame Glücksgefühl nicht zu stehlen.

Mit bis in die Kehle klopfendem Herzen eilte sie in den *Affenkasten* und zerquetschte schniefend eine Träne. *Hank* glotzte sie entgeistert an. „Um Himmels Willen, was ist passiert?"

Doro winkte ab. „Nichts. Ich bin bloß gerührt."

Hank hob in Unwissenheit die Schultern.

„Nassima und Chris", seufzte sie zwischen zwei Schniefern. „So behutsam. So schön."

„Entschuldige, aber ich versteh' nur Bahnhof. Was ist mit ihnen?"

Ach Hank, du würdest die Liebe nicht sehen, wenn sie so groß wie der Himalaja wäre, dachte sie. „Ach *Hank*, ich glaube, Nassima und Chris haben eine Romanze. Oder eine Liebe. Ich hab' sie zusammen gesehen. Sie sind sich sehr zugeneigt."

Er schluckte und schwieg. Sein Gesicht machte zu. Dann nickte er bloß, stand vom Stuhl auf und verließ den *Affenkasten* fluchtartig.

Ach Hank, dachte Doro und wischte eine neue Träne aus den Augen.

Der Anruf kam zwei Tage später.

„Das hättest du nicht tun sollen", polterte die Stimme los, sobald *Hank* den Hörer am Ohr hatte.

„*Handkerchief*, Hank Schiefer am Apparat. Wie bitte?"

„Das hättest du nicht tun sollen, und du wirst es büßen", brüllte die Stimme im Telefon.

„Tut mir leid, ich versteh´ nicht, was ..."

„Du hast mir die Polizei auf den Hals gehetzt. Du wirst dir noch wünschen, dass du das nie getan hättest, das schwör ich dir und deiner gesamten Ausländer-Bagage."

Jetzt wusste er, wer der Anrufer war. „Herr Rohrbach, Sie ..."

Aber Rohrbach hatte das Gespräch beendet.

Juni 2016

Feierabend. Die letzten Kunden hatten die Verkaufshalle verlassen, und *Hank* war dabei, das Hallentor zu schließen, als eine ihm fremde Frau auf das Areal des *Handkerchief* gestürmt kam, in Auflösung, in Panik, einen Buben auf dem Arm, einen Koffer hinter sich her herziehend.

„Warten Sie", rief sie außer Atem, „lassen Sie mich rein. Schnell."

Hank, auf einen Schlag alarmiert, wartete. Als sie näher kam, meinte er, sie schon einmal gesehen zu haben. Als Kundin, wahrscheinlich. Ob sie etwas gekauft hatte, konnte er nicht sagen. Sie war um die dreißig Jahre alt, schlank und hübsch, ihr dunkles Haar klebte am schweißnassen Nacken. Der Junge auf ihrem Arm dürfte nicht älter als drei Jahre alt sein.

Sie setzte den Kleinen ab, und schickte ihn mit einem Klaps in die Verkaufshalle. „Spring rasch rein, Paul, schnell", hieß sie ihn, und drängte sich an *Hank* vorbei. „Schließen Sie ab, schnell, schließen Sie ab, machen Sie schon, er ist hinter mir her."

Hank schloss die Tür. Die Frau rang nach Luft, war erschöpft und wirkte gehetzt. Unter ihrem linken Auge trug sie eine Platzwunde, die noch frisch aussah. Der Junge klammerte sich an ihre Beine.

„Entschuldigen Sie, wer ist hinter Ihnen her?", fragte *Hank*, als es gleichzeitig von außen an die Tür polterte.

Die Frau zuckte zusammen. „Mein Gott, das ist er schon. Machen Sie nicht auf. Machen Sie um Himmels willen nicht die Tür auf. Er erschlägt mich sonst."

Vor der Tür hob ein Gebrüll an. Es rüttelte an der Tür. Die Frau drückte den Jungen an sich. „Kann er hier herein kommen? Ist die Tür sicher? Kann er sie aufbrechen?"

Jetzt wurde mit einem Stein oder einem Hammer gegen die Tür gedonnert. Das Gebrüll ging unvermindert weiter.

Aus dem Hintergrund der Halle näherte sich Doro.

„Bille, bist du das?"

Die Frau sprang Doro entgegen, fiel ihr um den Hals.

„Gottseidank bist du da, Doro. Es ist wieder passiert. Ich bin daheim abgehauen, aber er hat mich gesehen. Jetzt macht er draußen Randale, hörst du?"

Der Lärm war nicht zu überhören. Doro sagte: „Komm' mit in meine Wohnung. Dort bist du sicher."

Die Frau, Bille genannt, rief den Jungen. „Paul, komm', wir besuchen Tante Doro."

Doro begleitete Mutter und Kind zu ihrer Wohnung und schickte sie hinein. Dann eilte sie zu *Hank* zurück, der an der Tür stehen geblieben war. Er schaute ihr fragend entgegen.

„Das ist Sybille mit ihrem Sohn. Eine Freundin von früher. Wir haben uns neulich erst im Supermarkt wiedergetroffen. Sie hat mir von ihrem Leid erzählt, dass ihr Mann sie schlägt. Ich hatte ihr angeboten, dass, wenn es wieder geschehen würde, sie zu mir kommen kann. Es ist wohl wieder passiert, wie du siehst."

„Verstehe."

„Vielleicht bleibt sie ein paar Tage bei mir."

„Es ist deine Wohnung, Doro", sagte er. „Geh' und schließ' die Tür zu. Ich öffne hier für einen Spalt und versuche, mit dem Kerl zu reden. Wenn er sich nicht beruhigt, rufe ich die Polizei, okay?"

Sie nickte. „Danke, *Hank*. Pass' aber auf."

„Mach' ich."

Nachdem Doro ihre Wohnungstür geschlossen hatte, öffnete er die Tür einen Spalt breit. „Was willst du?", rief er hinaus.

„Meine Frau. Sie soll rauskommen." Der Mann stank nach Alkohol.

„Sie ist nicht dein Eigentum", sagte *Hank*.

„Sie ist meine Frau. Ich kann mit ihr tun und lassen, was ich will.“

„Falsch, kannst du nicht. Du hast einmal geschworen, sie zu lieben und zu ehren bis dass der Tod euch scheidet. Hast du das vergessen?“

„Was bist du denn für ein Heiliger? Pfaffe, oder was? Schick´ meine Frau raus, oder ich werde sie mir holen.“

„Wenn du in einer Minute nicht verschwunden bist, rufe ich die Polizei, hast du kapiert? Ich zeige dich an wegen Hausfriedensbruchs. Los, hau´ ab. Du hast Hausverbot.“ *Hank* verriegelte die Tür.

Der Mann stieß etliche Flüche und Verwünschungen aus, tobte und randalierte unbeeindruckt weiter, sodass *Hank* sich schließlich veranlasst sah, die Polizei zu verständigen. Als er sich dann gegen deren mündlichen Platzverweis auflehnte und sich gegen die Streifenbeamten wehrte, blieb ihnen nichts weiter übrig, als ihn zur Ausnüchterung mit aufs Revier zu nehmen.

Doro bot Sybille an, so lange bei ihr in der Wohnung bleiben zu können, bis im Frauenhaus *Offenburg* ein Platz frei geworden war.

Juni 2016

Es war der Tag nach dem Konzert der Schul-Band *Jack und die Kanalratten*. Ein Samstag. Die jungen Musiker hatten die Halle gerockt. Alte Titel von der *Spencer*

Davis Group, den *Dire Straits*, den *Cream*, um nur einige zu nennen.

Rohrbachs Drohanruf lag gute drei Wochen zurück, und *Hank* hatte die Warnung zwar nicht vergessen, aber er versuchte sie zu ignorieren, was ihm mit zeitlichem Abstand immer besser gelang. Er hoffte und rechnete, dass alles bloß heiße Luft gewesen war; gedankliche und von Hass durchtränkte Ausstülpungen eines Feiglings.

Die Polizei hatte, wie nicht anders zu erwarten, keine Verdachtsmomente gegen Rohrbach erhärten, und somit keine Handhabe für ein weiterführendes Einschreiten begründen können. Der Besitz einer Spraydose mit weißem Lack reichte als Beweis nicht aus, und nur wegen eines verunstalteten Tores stellte kein Staatsanwalt einen Hausdurchsuchungsbeschluss aus. Urheber des *Shitstorms* zu sein, wies Rohrbach stringent von sich, und eine Belehrung darüber, dass Bedrohungen einhergehend mit Beleidigungen nicht zur Meinungsfreiheit gehörten, ließ er stoisch über sich ergehen. Sein Computer, sagte er, sei ihm gestohlen worden, was der Dieb damit anstellen würde, könne ihm nicht angehängt werden, und überhaupt besäße er lediglich ein Telefon mit Festnetzanschluss.

Erst waren es drei, dann fünf. Dann waren es zehn, dann zwanzig, dann wurden es immer mehr. Am Ende waren es an die hundert. *Hank* hatte aufgehört zu zählen.

Sie versammelten sich draußen auf der Straße. Plötzlich waren sie da. An die hundert Männer, auf der

Straße vor dem *Handkerchief*, vor dem offenstehenden Tor zum Areal der alten Ziegelei. *Hank* fragte sich, woher sie alle kamen. Noch verhielten sie sich ruhig.

Sie hatten sich übers Internet verabredet. Samstag. Punkt zehn Uhr. Vor dem *Handkerchief*. Ein *Flashmob*.

Hank bat alle Kunden, die sich in der Verkaufshalle befanden, vorsichtshalber zu gehen.

„Geht nach Hause. Lasst euch nicht aufhalten. Lasst euch auf keine Diskussionen ein. Danke."

Dann eilte er in die Werkshalle. Sagte den Frauen, Nassima, Ceylin und Nesrin, anschließend den Jungs um Chris, Jalil, Antony und Kingsley, dass sie das Gelände verlassen sollen.

„Geht über die Rückseite. Helft den Frauen und den Kindern, über den Zaun zu klettern. Geht."

„Warum?", fragte Chris.

„Weiß nicht. Es sind viele Leute auf der Straße. Möglich, dass sie nichts Gutes im Schilde führen. Es gab Drohungen."

„Nein", erwiderte Nassima und stellte sich an Chris' Seite. „Ich gehe nicht. Ich bleibe hier. Bei Chris."

Chris legte einen Arm um ihre Schultern.

„Dann ihr anderen. Geht. Helft den Frauen. Schnell." Er versuchte sie mit Händen fortzudrängen, aber sie wichen ihm aus.

„Nein, wir bleiben alle. Wir können nicht immer davonlaufen. Wir bleiben. Hier ist es gut."

Hank schaute sie der Reihe nach an. Alle blickten ihm trotzig und erhobenen Hauptes entgegen. „Dann schließt euch ein. Verbarrikadiert euch."

„Nein", sagte Jalil.

„Chris", flehte *Hank* ihn an. „Nimm wenigstens die Frauen und Kinder in Schutz. Verrammelt die Tür. Und nimm Helmut mit. Wo steckt er überhaupt?"

„Ich hab´ ihn mit dem Einkaufskorb gesehen. Ich glaube, ..."

„Gut, dann ist er wohl in Sicherheit."

Chris nickte. „Die Frauen und Kinder. Ist gut, *Hank*. Du kannst dich auf mich verlassen."

Hank verließ die Werkshalle, gefolgt von Jalil, Antony und Kingsley. *Die pure Provokation*, dachte er. Dann hastete er zum Zaun und schloss das Tor. Jetzt wurden Stimmen laut. Der Mob formierte sich. Plakate und Transparente wurden plötzlich sichtbar. *Ausländer raus!*, las er. *Deutschland den Deutschen!*, stand geschrieben. *Nur ein toter Asylant ist ein guter Asylant!*

Er starrte die Menge an. *Vaterlandsverräter!*, schrie einer aus der Masse. Manche trugen Latten in den Händen. Baseballschläger waren zu sehen. Einige waren vermummt. *Hank* erkannte niemanden. Halt, doch, den einen erkannte er. Sybilles Mann. Den, der seine Frau geschlagen hatte. Der Trunkenbold. Und dann erblickte er auch den Zweiten, dessen Gesicht ihm bekannt vorkam. Rohrbach.

Wo steckt eigentlich Doro? Ich muss sie warnen. Und die Polizei verständigen.

Er drehte sich ab. Erste Steine prasselten auf das Grundstück, trafen ihn jedoch nicht. „Rasch, in die Halle mit euch", schrie er Jalil zu. Doch sie blieben einfach stehen. Der schmächtige Kingsley zog etwas aus seiner Hosentasche. Zwei Schnüre?

Hank stürmte in die Halle. „Doro!", schrie er, „Doro!"

Sie kam aus ihrer Wohnung, sie hatte mit Bille gesprochen. Alarmiert blieb sie stehen.

„Ruf' die Polizei. Schnell. Der Mob ...er wird gleich hier sein. Billes Mann und Rohrbach und hundert andere. Schnell die Polizei, und dann versteckt euch."

„Aber ..."

„Doro, schnell."

Er hetzte, drei Stufen auf einmal nehmend, zum *Affenkasten* hinauf, wo sein Handy lag. Ein Griff, und schon rannte er zurück zur Tür. Draußen auf der Straße skandierten sie im Chor: *Ausländer raus! Ausländer raus!* Die vorderste Reihe drückte gegen das Tor. Es bog sich bedenklich nach innen. Noch mehr Druck, und es lag flach auf dem Boden. Mit bebenden Händen schoss *Hank* eine Serie von Fotos. *Ob die was werden?*

Erste Chaoten stapften grölend darüber weg, drangen auf das Areal vor den Hallen.

Kingsley schwenkte seine seltsamen Schnüre, ließ sie kreisen. *Es ist eine Schleuder*, dachte *Hank, natürlich, eine Steinschleuder, verdammt.* Ein Stein schoss den Eindringlingen entgegen, traf einen Kopf. Sofort floss Blut. Und schon wieder wirbelte Kingsleys Schleuder, wieder flog ein Stein. Zack. Blut.

Das Geschrei wurde zum Geheul. Dann brachen die Dämme, und die aufgestachelte Meute flutete über das niedergedrückte Tor.

„Herein mit euch", brüllte *Hank* den dreien zu. „Los, oder wollt ihr lieber erschlagen werden?" Er packte den ihm nächststehenden Antony und zerrte ihn in die Halle. Dann folgten Jalil und Kingsley freiwillig. Im letzten Moment huschte *Hank* durch die Tür und verriegelte sie.

Die vermeintliche Sicherheit währte nicht lange. Denn Fensterscheiben klirrten, Steine flogen herein. Dann kletterten die ersten Wahnsinnigen durch die Fenster.

Hank scheuchte die drei Jungs in seine Wohnung und schloss hinter ihnen die Tür. Er war jetzt allein mit den Chaoten in der Halle, die ihrerseits nun zur Eingangstür stürmten und sie nach draußen öffneten. Der geballte Hass mit seiner wutverzerrten Fratze quoll herein.

Hank war für eine Sekunde wie gelähmt. Eine Sekunde, in der er sich entscheiden musste, zu fliehen oder zu bleiben. Viel zu kurz, um wirklich eine Wahl zu haben. Neben ihm befand sich die Abteilung mit den Gartengeräten. Ohne zu überlegen schnappte er den nächstbesten Stiel und baute sich kampfbereit vor Doros Wohnungstür auf, einen Spaten in den Händen. *Kommt, ihr Schweine, kommt nur. Meine Doro werdet ihr nicht kriegen.*

Ich bleibe ganz ruhig liegen. Ganz ruhig. Ich will sie nicht erschrecken.

Als sie mich wieder berührt, atme ich tief ein. Ihre Hand legt sich auf meine Brust. Ich spüre, dass sie ihren Kopf anhebt. Sie schaut mich an. Ich schaue in ihre Augen.

„Hank?"

Ich schließe die Augenlider und öffne sie wieder.

„Hank? Hank?"

Meine Lippen formen ein Wort: „ Doro. "

„Hank? Bist du da? Bist du wach?"

„ Doro", formuliere ich wieder. „ Doro. "

„Mein Gott, Hank!" Sie stützt sich auf den Ellbogen, beugt sich über mein Gesicht und küsst und herzt mich und weint und schluchzt, stammelt „*Hank*, mein *Hank*, mein geliebter *Hank*."

Dann springt sie aus dem Bett, rast aus dem Zimmer, durch das Wohnzimmer, hinaus, und sie ruft, sie ruft alle zusammen. „Papa, Chris, Nassima, Jalil, kommt alle her, Nesrin, Antony, Kingsley, Ceylin, hierher, schnell, kommt, kommt, kommt. *Hank* ist aufgewacht! *Hank* ist aufgewacht!"

Alle kommen sie von dort her, wo sie gerade waren, lassen alles stehen und liegen, und folgen Doro in ihr Schlafzimmer. Es ist nicht gerade groß, ihr Schlafzimmer, doch alle drängen sich um das Bett und schauen auf mich herab. Alle, und ich erkenne sie alle wieder. Helmut, Chris, Nassima, Nesrin, Ceylin, Jalil, Antony und Kingsley – und Doro.

„Hallo Chef", sagt der kleine Kingsley, „schön, dich zu sehen."

Es gelingt mir, eine Hand zum Gruß zu erheben. „Hallo zusammen", versuche ich zu sagen.

„Schon gut, Chef. Hauptsache, du bist wieder gesund", sagt Kingsley.

„Okay, raus jetzt", befiehlt Doro. „Das reicht fürs Erste." Sie schiebt die Meute aus dem Schlafzimmer. Dann legt sie sich zu mir aufs Bett, ihren Arm um meinen Bauch, den Kopf auf meine Schulter. „*Hank, ach, Hank*", flüstert sie.

„*Doro*", wispere ich.

Zweieinhalb Wochen später.

Die Möbel in der Mitte der Verkaufshalle sind zur Seite geräumt, denn am Abend findet ein Konzert auf der Bühne statt. Vorher jedoch gibt es ein Fest zu feiern, weshalb sie einen Tisch mit zehn Stühlen aufgestellt haben. Sie, meine lieben Leute. Eigentlich sind es zwei Feste, und wenn man es genau nehmen will, sogar deren drei.

Es ist das erste Mal seit meiner Dunkelheit, dass ich die Verkaufshalle betrete. An der Seite von Doro. Sie hält mich an der Hand, führt mich an den Tisch. Dort stehen sie alle. Helmut, Chris, Nassima, Ceylin, Nesrin, Jalil, Antony und Kingsley. Meine Leute. Als sie uns sehen, brechen sie spontan in Jubelrufe aus und applaudieren. Ich bleibe stehen und bin gerührt.

„Danke", sage ich mit einem Kloß im Hals. „danke."

Der Tisch ist gedeckt. Kaffee und Kuchen. Ceylins und Nesrins Kinder spielen in der Spielecke mit den Puppen. Sie haben ihren Kuchenanteil bereits verzehrt.

Einige Kunden schlendern durch die Halle, schauen neugierig her, fragen *Na, wieder auf dem Damm?*, oder wünschen *Gute Besserung,* dann kramen sie weiter im Warenangebot. Der Betrieb geht weiter. Alles wie gehabt.

Nassima und Chris feiern Verlobung. Chris hat sich in Schale geworfen, was bei ihm bedeutet, dass er ein gebügeltes weißes Hemd trägt. Nassima glänzt in einem selbstentworfenen Kleid und einer weißen Blüte im Haar, das ihr heute offen über die Schultern fällt. Ich betrachte das Paar. *Wie Glück einen Menschen so verändern kann,* denke ich, und meine Chris. Er ist ein anderer Mensch geworden. Ist heiter und wirkt wie befreit von Zwängen, ohne dabei zu überborden. Aus Nassima strahlt die Kraft ihrer inneren Liebe, ehrlich und unverfälscht. Chris bemerkt meinen musternden Blick. Sekundenlang schauen wir uns über die Länge des Tisches in die Augen. Dann lächelt er, und ich lächle zurück. Wir verstehen uns.

Wir feiern, dass Helmut die Attacke auf ihn ohne bleibende Schäden überstanden hat.

Er war auf dem Weg zum Supermarkt dem rechten Mob direkt in die Fänge gelaufen. Rohrbach hatte ihn auf der Straße als einen derjenigen wiedererkannt, der an seiner Haustür in *Grafenhardt* geklingelt hatte, und hatte ihn mit zweien seiner Mitläufer zu Boden geschlagen, auf den Wehrlosen eingetreten und ihn verletzt liegen gelassen. Nasenbeinbruch, Rippenbrüche, Prellungen. Er wurde von einer Polizeistreife entdeckt und unverzüglich ins Krankenhaus eingeliefert, das er erst nach einer Woche wieder verlassen durfte. Er war, neben mir selber, der einzige aus unserem Team, der Verletzungen davongetragen hatte.

Helmut erwies sich als zäher Bursche. Manch anderer hätte vermutlich, durch den Angriff beeindruckt, die Segel gestrichen und wäre in einen sicheren und beschaulichen Hafen eingelaufen. Er jedoch machte ungebrochen dort weiter, wo er vorher aufgehört hatte.

Im Geiste ziehe ich meinen Hut vor ihm.

Was an jenem Tag in der Verkaufshalle geschehen war, haben sie mir erst nach und nach geschildert. Meine Erinnerung endet damit, dass ich zwei Männer mit dem Spaten erschlagen hatte, bevor ich selber, von einem Baseballschläger am Kopf getroffen, bewusstlos geworden war. Dem einen, wie ich später erfuhr, war es Sybilles Mann gewesen, hatte ich durch einen schweren Hieb wie mit einer Axt Schulter und Schlüsselbein durchtrennt; dem anderen, Rohrbach, mit der scharfen Kante des Spatens die halbe Kopfhaut bis auf den Schädelknochen abrasiert. Oder skalpiert. Dann waren die Angreifer zu viele geworden.

Kingsley erzählte deswegen am ausführlichsten, weil er die Tür meiner Wohnung, in der ich ihn und Antony und Jalil versteckt hatte, einen Spalt weit öffnete und das Geschehen davor beobachtete.

Demnach lag ich bereits am Boden, als der mit dem Baseballschläger unvermindert weiter auf mich einprügelte. „Ich dachte, du bist tot, Chef", sagte Kingsley.

Dann flog plötzlich die Tür zu Doros Wohnung auf. Wild brüllend stürzte Doro herbei, voll auf die Schläger zu. Sie riss den Spaten an sich, der neben mir lag, stellte sich schützend über mich, den Spaten zum Zuschlagen erhoben. „Wer hat noch nicht genug?" schrie sie. „Kommt her, wenn ihr es mit einer Frau aufnehmen wollt, ihr jämmerlichen Feiglinge. Na? Was ist? Kommt schon!" Dabei hieb sie gefährlich mit dem Spaten durch die Luft, wie mit einem scharfen Schwert. Sie sah aus wie ein Racheengel. Furchterregend, und in ihrem Zorn auch irgendwie schön.

Dann waren Polizeisirenen zu hören. „Verschwindet!", brüllte Doro. „Verschwindet! Oder soll ich euch Beine machen?" Dann trieb sie mit weit ausgeholten Schlägen die Meute vor sich her und zur Tür hinaus, wo sie von der Polizei in Empfang genommen wurden.

Die meisten der hundert Angreifer entkamen dem direkten Zugriff der Polizei. Einige wurden später nach Auswertung meiner Handyfotos festgenommen. Sybille indes konnte mit ihrem Sohn in ihre Wohnung zurückkehren, denn ihr Mann wurde, noch bevor er schwerverletzt in die Klinik gebracht wurde, verhaftet.

„Doro hat dir das Leben gerettet, Chef", sagte Kingsley.

Doro. Da sitzt sie nun neben mir. Schön und nahbar.

Seit sie mir ein Geheimnis verraten hat, trage ich die Hoffnung, dass sie sich auch von meinem Anblick nicht abschrecken lassen wird. Denn gerade fangen meine Haare wieder an zu wachsen, die man mir in der Klinik hatte abrasieren müssen.

Ihr Geheimnis? Sie hat während meiner Abwesenheit die Wand zwischen ihrer und meiner Wohnung durchbrochen. Aus zwei mach eins.

So erhebe ich mich neben ihr und schlage mit einem Löffel gegen eine Tasse.

„Hört mal bitte zu", sage ich. „Wir haben *noch* etwas zu feiern. Doro und ich ..."

„Na endlich", stöhnt Helmut.

Ein Jahr später, 2017

Die kaputten Fensterscheiben an der Verkaufshalle, inklusive Schaufenster, sind längst wieder ersetzt; das niedergedrückte Tor am Zaun aufgerichtet. Doro und ich leben als Paar in der gemeinsamen Wohnung im *Handkerchief*.

An der Anzahl der Belegschaft hat sich nichts geändert. Nach wie vor sind wir insgesamt zehn Personen. Von den drei weiblichen und den drei männlichen Asylsuchenden warten, bis auf Nassima, alle weiterhin auf einen positiven Bescheid des zuständigen BAMF.

Nesrin und Ceylin haben mit ihren Kindern eine eigene Gemeinschaftswohnung in der Stadt zugeteilt bekommen. Nassima und Chris haben im Frühjahr geheiratet.

Sogenannte Hass-Mails treffen nur noch vereinzelt ein. Die hohen Haftstrafen, welche die festgenommenen „rechten" Terroristen erhielten, zeigen offenbar Wirkung. Die Polizei patrouilliert seitdem regelmäßig am *Handkerchief* vorbei, ebenso wie die Biker aus dem *Loud 'n' Proud*, die auf Doros Bitte hin mit ihren schweren Maschinen auffallend oft Präsenz zeigen.

Nach Ablauf des siebenjährigen Nutzungsvertrags mit der Stadt *Durlangen* wird uns, zu unserer völligen Überraschung, das Vorkaufsrecht auf die alte Ziegelei eingeräumt.

„Verdammt! Einen Geldscheißer müsste man haben", sagt Doro, von der verlangten Summe in Höhe von sechshundertfünfzigtausend Euro beeindruckt. „Oder wertvolle Aktien", setzt sie obendrauf.

Aktien? Aktien hab' ich doch, denke ich und sage: „Aktien hab' ich."

Sie scheint an meinem Verstand zu zweifeln. „Wie! Du hast Aktien? Seit wann das denn?"

Ich erzähle ihr von meinem peinlichen Reinfall von vor neun Jahren. „Keiner wollte die Schrott-Aktien mehr haben, und seither vergammeln sie bei mir."

„Lass' sehen", verlangt sie.

Ich suche die Papiere aus meiner untersten Schreibtischschublade zusammen und überreiche ihr den Stoß. Ohne Umschweife setzt sie sich an ihren Computer. Ich lasse sie gewähren. *Wenn's ihr Spaß macht*, denke ich.

Doch nach verdächtig ruhigen zehn Minuten höre ich sie laut lachen. Stutzig und hellhörig geworden gehe ich dem Grund des Gelächters nach. „Ja, lach' du mich ruhig noch aus", höhne ich. „Mir war damals nicht danach zumute."

Aber sie lacht immer noch. „Es ist einfach zum Brüllen", schnappt sie nach Luft. „Die Aktie ist seit damals wieder gestiegen. Der *Handkerchief* hockt auf einem Vermögen von einer dreiviertel Million Euro, und hat keine Ahnung davon."

****

Weitere Bücher von Peter Siefermann im Twentysix-Verlag.

„Zwölfeinhalb Bären, oder wie die Bären nach Waldulm kamen."
ISBN: 9783740711917

„Das große Spiel, oder mit Lachdatte, Mängehatte und Poklapier."
ISBN: 9783740727451

„Tierisch-menschliches in Lyrik und Prosa."
ISBN: 9783740714000

„Drei Männer, zwei Boote, ein Fluss und der Blues."
ISBN: 9783740712952

„Teddor."
ISBN: 9783740729400

„Aus der Sicht des Pumas"
ISBN: 9783740731625

„Die Sachenfinderin"
ISBN: 9783740733674

„Der Totensänger."
ISBN: 9783740744281

„Der Bassist."
ISBN: 9783740746940

„Der Zach."
ISBN: 9783740749132

Kriminalromane von Pit Ferman im Twentysix-Verlag.
aus der Edgar-Schaaf-Krimireihe.

„Schaafswinter.“
ISBN: 9783740727550

„Schaafssturm.“
ISBN: 9783740713454

„Schaafshammer.“
ISBN: 9783740731533

„Schaafsgold und der ungelesene Autor“
ISBN: 9783740743277

„Schaafsinsel.“
ISBN: 9783740752972

Alle Bücher sind auch als E-Book erhältlich.

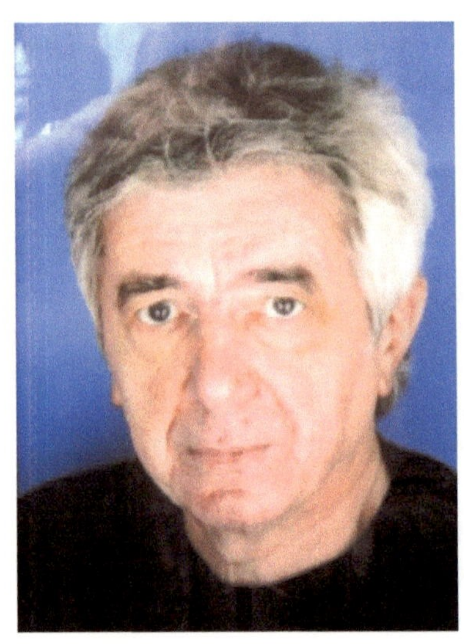

Peter Siefermann wurde 1953 in Kappelrodeck im Land Baden-Württemberg geboren. Er lebte über dreißig Jahre in Basel in der Schweiz und arbeitete für ein deutsches Transportunternehmen. Nach Versetzung in den Ruhestand zog er mit seiner Ehefrau nach Deutschland zurück.
Peter Siefermann ist Vater zweier Kinder, die beide in der Schweiz leben.